Gebräuchliche Wörter der neuen Welt:

Amigosch – *Kumpel*
Baichi – *Idiot*
Kurva – *Nutte*
Merde! – *Mist!*

Nja – *na ja, so weit, so gut*
Nachhall – *Glück*
Sige – *Alles klar, natürlich!*
Tata – *Papa*

Philipp Schmidt

Herrscher der Blutwüste

Die Ödland-Saga 1

Bibliografische Information der Deutschen Nationalbibliothek: Die Deutsche Nationalbibliothek verzeichnet
diese Publikation in der Deutschen Nationalbibliografie;
detaillierte bibliografische Daten sind im Internet über
dnb.dnb.de abrufbar.

© 2017 Philipp Schmidt
1. Auflage
Cover & Umschlaggestaltung: Simon Fleck
Karte: Lukas Mathiaschek
Lektorat: Michael Raffel
Logo: Richard Hanuschek

Herstellung und Verlag:
BoD – Books on Demand, Norderstedt
ISBN: 978-3-743179981

Prolog

Die Chaostheorie. Jeder kennt die theoretische Möglichkeit, dass ein Flügelschlag eines Schmetterlings auf der anderen Seite der Erde einen verheerenden Sturm verursachen kann.

Dies ist ebenfalls die Geschichte eines Sturms, nur dass ihm drei singuläre Ereignisse vorausgingen. Drei Dinge, die den Wandel hervorriefen. Drei Entscheidungen, welche die Welt für immer veränderten.

Vielleicht waren die drei Ereignisse aber auch gar nicht im starken Sinne singulär, womöglich gab es einen Zusammenhang – einen, den der Erzähler dieser Geschichte nicht kennt. Fakt ist, dass alle drei Geschehnisse zu exakt demselben Zeitpunkt stattfanden, was einen Zufall doch recht unwahrscheinlich macht. Nennen wir es vorerst *kosmisches Karma*. Auf keinen Fall *göttliche Fügung*, denn die folgende Erzählung hat keinen Platz für einen Gott, jedenfalls für keinen guten, dem seine Geschöpfe am Herzen liegen.

Folgendes ereignete sich am 31. Oktober im Jahre 2025 der alten Zeitrechnung:

Der Rand des Randes

Vor exakt 347.003 Sekunden waren die letzten wissenschaftlichen Instrumente der Voyager 1 deaktiviert worden. Die Radionukleidbatterien waren verbraucht, somit konnten keine Signale mehr zur Erde versendet werden. Die Raumsonde war auf sich allein gestellt, die Nabelschnur zu den Parabolantennen ihrer Erbauer, die sie 1977 ins All geschossen hatten, war durchtrennt. Ein Sinnen- und sinnloses Ding, frei, reiner Schwung mit einer konstanten Geschwindigkeit von 60.000 Kilometern pro Stunde. Nachdem die Sonde die Heliosphäre passiert hatte, schoss sie durch das sogenannte interstellare Medium.

Die Entfernung zur Erde betrug 166 AE, und eigentlich hätte die nächsten 38.000 Jahre nichts Nennenswertes passieren sollen, als plötzlich und vollkommen unerwartet doch etwas geschah. Die Raumsonde traf auf einen Widerstand, der sie abbremste. Die Geschwindigkeit verringerte sich. Erst langsam, dann immer deutlicher. Schließlich, so als stieße man eine Nadel in einen Luftballon, platzte etwas. Nein, nicht *etwas*, vielmehr alles. Der Raum, die Zeit. Die Physik stülpte sich um, Materie wurde zu Antimaterie. Wo eben noch die Voyager 1 – mitsamt der goldüberzogenen Kupferschallplatte mit dem

Titel *Laute der Erde* für den Fall eines außerirdischen Kontakts – gewesen war, war nun nichts mehr. Sie war an die Grenze gestoßen, und sie hatte ein Loch in den Mantel des Seins gestochen.

Devolution

Doktor Adriane Foster starrte auf die Graphik, die der Quantenrechner ausgespuckt hatte. Sie konnte den Blick nicht lösen. Hier war er, der Durchbruch, auf den sie so lange hingearbeitet hatte. Jetzt, da die komplexen geometrischen Muster die Hypothesen der Forscherin bestätigten, war sie unfähig, es zu fassen. Die Welt würde sich grundlegend verändern, Alter, Krankheit, ja der Tod selbst war besiegt. Die intelligenten, zur Reproduktion fähigen Nanobots, die sie mit ihrem Team entwickelt hatte, waren stabil. Die Testreihe Theta-16-S/2, auf die sich die aktuellen Analysen bezogen, befand sich nur wenige Meter von ihr entfernt in einem hermetisch abgeriegelten Mikrolabor. Doktor Foster war allein. Der Rest des sechsköpfigen Teams hatte vor Stunden Feierabend gemacht, der Leiter des Projekts, Professor Doktor Rosenbaum, war seit Tagen unterwegs, um neue Geldmittel aufzutreiben und Sponsoren zu gewinnen.

Foster wusste, dass sie ihn anrufen sollte, aber etwas hielt sie davon ab. Eine Stimme tief in ihrem Inneren. Zum einen sagte diese Stimme ihr, dass sie in den vergangenen Monaten härter gearbeitet hatte als alle anderen zusammen und dies deshalb allein ihr Moment war. Doch sie flüsterte ihr noch etwas anderes zu, ganz leise. Ein Gedanke nahm im Kopf der Wissenschaftlerin Gestalt an. Ein äußerst kühner Gedanke. Aber hatte nicht gerade ihre Kühnheit, ihr eiserner Wille, über das Vorstellbare und Erlaubte weit hinaus zu denken, sie an eben diesen Punkt gebracht? Zweifellos. Weshalb nicht etwas zum eigenen Vorteil tun, nur ein einziges Mal egoistisch sein?

Sie ging die Daten noch zweimal zur Kontrolle durch. Die Codes waren perfekt – anmutig wie die Doktorin fand. »Was kannst du an Zahlen und Formeln nur schön finden?«, hatte ihr Verlobter sie schon oft gefragt. Es war eine Art Running Gag zwischen ihnen, immer wenn die Sprache auf ihre Arbeit kam. Daraufhin zog sie ihn ein wenig mit seinem Künstlerdasein auf, und am Ende liebten sie sich leidenschaftlich. Richard war ein guter Mann, der beste, dem sie in ihren 37 Jahren begegnet war. Sie hatte es ihm verschwiegen, als sie sich kennenlernten, und an jenem Abend, an dem sie es gebeichtet hatte, war er verständnisvoll gewesen, aber sie hatte die Traurigkeit in seinen Augen gesehen, die Enttäuschung. Wie oft hatte sie diesen Blick seither ertragen müssen, ganz zu schweigen von den einsamen Stunden, in denen sie ihren Körper verflucht hatte. Sie hatte die Macht, es zu ändern. Alle Schlüssel, um die Sicherheitsschleusen zu passieren, standen ihr zur Verfügung. Sie sah hinüber zu dem Labor. Im Anschluss müsste sie natürlich ihre Spuren verwischen, das würde sie hinbekommen. Der Sensation wäre nicht geschadet, wenn sie es so aussehen ließe, als wären einige Objekte verkümmert wie in all den Testreihen zuvor. Es blieben noch mehr als genug stabile übrig. Während ihre Finger bereits Befehle auf der holographischen Tastatur eingaben, stellte sie sich vor, wie sie Richard in seinem Atelier überraschte. Sie würde ihn umarmen, ihn küssen, zum ersten Mal als ganze Frau.

Gab es Gefahren, die sie bedenken sollte? Ach, Gefahren gab es doch immer! Natürlich waren die Nanobots noch Jahre, wenn nicht gar Jahrzehnte von einer Zulassung entfernt. Endlose Tests erst mit Tieren, dann an Menschen unter Laborbedingungen standen bevor. Danach all die bürokratischen und gesetzlichen Instanzen. Die Globale Ethikkommission würde sich kritisch zu Wort melden, Pharmalobbys und -konzerne würden ihr Möglichstes tun, den Fortschritt aufzuhalten. Und sie? Sie würde derweil älter werden. An sich spielte das keine Rolle, die winzigen Teufelskerle könnten ihren Körper verjüngen, aber … Aber jahrelang warten? Vielleicht würde sie oder Richard durch einen dummen Zufall sterben. Wenn der Professor und das Team erst wussten, dass sie erfolgreich gewesen waren, würde sie nicht mehr so einfach Zugang erhalten. Die Entscheidung war getroffen. Sie hatte das Recht, und sie hatte die Mittel, jetzt gleich die Veränderung herbeizuführen, und niemand konnte sie aufhalten. Doktor Foster bestätigte den letzten Befehl und sah, wie im Labor ein Greifarm die Truhe öffnete. Kühlungsnebel quoll daraus hervor. Sie stand auf, ging zur Labortür. Es dauerte nur einen Augenblick, bis der Netzhautscanner die Autorisierung bestätigte und die Tür sich automatisch öffnete. Kälte schlug ihr aus dem sterilen Raum entgegen. Fröstelnd beugte sie sich hinab zu der Truhe.

Das Mädchen und der Spiegel

Lautlos und schnell sauste die Schwebebahn knapp am Fenster vorbei. Naomi hoffte jedes Mal, dass es zu einem Unglück käme, dass die Schwebebahn ausbräche und in ihr winziges Zimmer krachte, doch das geschah nie. Die Tränen zurückhaltend drückte sie den kleinen Stoffaffen eng an die Brust. Das Plüschtier war alles, was ihr von ihren Eltern geblieben war. Vermummte Männer in schwarzen Kampfanzügen hatten ihre Mom und ihren Dad ermordet, weil sie sich für die Umwelt eingesetzt hatten. Naomi war dabei gewesen, hatte mit ansehen müssen, wie ohne Vorwarnung das Feuer eröffnet worden war. Sie hatte sich an ihrer Mutter festgekrallt, hatte um sich geschlagen und gebissen, aber die Männer waren zu stark gewesen. Sie hatten sie fortgerissen und hier eingesperrt. Waisenhaus nannten es die Erzieher, doch Naomi wusste es besser, es war ein Gefängnis. Sie fürchteten, dass sie so werden könnte wie ihre Eltern. Und sie fürchteten sich zu Recht. Wenn sie jemals die Kraft dazu hätte, würde sie gnadenlose Rache nehmen. Ihr war bewusst, dass man ihr Tag für Tag in den Unterrichtsstunden Lügen auftischte. Ihr Vater hatte es ihr erklärt. Die Regierung war korrupt, Konzerne, die nur auf Profit aus waren, zogen in Wirklichkeit die Strippen, und niemand dachte daran, das zu schützen, was einmal rein und gut war. Die Erdenmutter, hatte ihre Mom ihr gesagt, liege im Sterben, sie brauche jemanden, der sie beschützt, der für sie eintritt, der sie rettet. Naomi wünschte, jemand anders hätte das getan. Die kleine Gruppe, die ihre Eltern gegründet hatten, war chancenlos gewesen gegen all das Geld und die Macht derer, mit denen sie sich angelegt hatten. Und jetzt war sie allein, so unendlich allein.

»Naaaa-ooo-mihhh.«

Wer hatte da eben ihren Namen geflüstert? Erschrocken sah Naomi sich im karg eingerichteten Zimmer um. Es war niemand da.

»Naaaa-ooo-mihhh, hierrr biiiiin ich.«

Vorsichtig stand sie vom Bett auf und kniete sich hinab zu einem Spiegel, der an die Wand gelehnt auf dem Boden stand und aus dem die sonderbare Stimme zu ihr zu sprechen schien. »Hallo?«, fragte sie kleinlaut. Ihr Spiegelbild bot einen kümmerlichen Eindruck. Es wirkte so traurig, dass sie sich selber leid tat und beinahe wieder in Tränen ausgebrochen wäre. Aber sie riss sich zusammen. »Hallo?«, flüsterte sie noch einmal, »ist da jemand?«

»Ohhh jaaa«, antwortete ihr die Stimme, »ich bin gaaanz nahhhh.«

»Wer bist du?«, fragte Naomi und presste den Affen noch fester an die Brust.

»Ich bin wie duuuu. Verbannt und eingesperrt und sooo einsaaam.«

Naomi schauderte. Was war das? Neben ihrem eigenen Gesicht war noch ein anderes zu sehen, verschwommen und undeutlich, aber eindeutig da. Es war bleich, die langen Haare weiß, die Ohren lang und spitz und die Augen gelb, wie die eines Raubtiers.

»Haaab keine Angssst, Naaaa-ooo-mihhh. Ich bin ein Freund.« Das Gesicht im Spiegel zeigte ein angedeutetes Lächeln. »Hilf mir, süße Naaaa-ooo-mihhh, dann helfe ich diiiir.«

Naomi spürte, wie sich ihre Nackenhaare aufstellten. Die säuselnde Stimme hatte etwas Lockendes, wollte sie einlullen. Aber was hatte sie schon zu verlieren? Sie nahm ihren Mut zusammen und fragte: »Wie soll ich dir helfen?«

»Es ist gaaaanz einfach«, raunte das Wesen hinter dem Spiegel. »Du musst mich nuuur einladen und miiiir die Hand reichen.«

»Und was passiert dann?«

»Dann binnnn ich frei, und gemeinsaaaam sind wir nicht mehr einsaaam.« Ein Lachen war zu vernehmen, das Naomi an ein hölzernes Glockenspiel erinnerte. Sie überlegte. Wieso nicht? Ihre Situation konnte sich unmöglich verschlimmern. Wahrscheinlich war das alles ohnehin nur Einbildung, ein Traum. Vermutlich lag sie auf dem Bett und schlief. Sie lächelte traurig.

»Na gut, ich lade dich ein.« Naomi streckte die Hand aus, aber nichts geschah.

»Duuu musst mich mit meinem Naaamen ansprechen, süße Naaaa-ooo-mihhh«, raunte die Stimme.

»In Ordnung«, stimmte Naomi zu, die allmählich ungeduldig wurde. Was für ein merkwürdiger Traum. »Wie lautet denn dein Name?«

»Nagaaaschuhhh«, erwiderte die Kreatur hinter dem Spiegel, und Naomi hatte den Eindruck, dass die Gesichtszüge nun schärfer wurden.

»Kein Problem«, sagte sie leichthin, um sich selbst die Angst zu nehmen. »Ich lade dich herzlich in diese Welt ein, Nagaschu.«

Ihre ausgestreckte Hand zitterte, und sie wollte sie schon zurückziehen, als sie plötzlich eine kalte und harte Berührung spürte. Sie erschauderte. Etwas zog heftig an ihr, und sie musste sich am Bettpfosten festhalten, um nicht in den Spiegel gezerrt zu werden. Das Ziehen wurde stärker, und sie befürchtete, dass ihr der Arm aus dem Gelenk gerissen würde, als es unvermittelt einen Ruck gab und der Spiegel in tausend Scherben zerbarst. Naomi lag mit dem Rücken auf dem Boden und vor ihr ragte eine schlanke, hohe Gestalt auf.

»Viel zu tun, süße Naaaa-ooo-mihhh, keine Zeit, faul herumzuliegen«, sagte die Stimme, die nun viel tiefer klang, leicht spöttelnd, und das Wesen, das aus dem Spiegel gekommen war, streckte Naomi nun seinerseits die Hand hin. Naomi zögerte kurz, dann ergriff sie die porzellanfarbene, langfingrige, kühle Hand.

1. Kapitel

Im Jahre 15 nach der neuen Zeitrechnung ...

Rennen zählte nicht zu seinen Stärken, dennoch gab der kleine Mann Fersengeld, als wäre der Teufel höchstpersönlich hinter ihm her. Es war nicht der Teufel, der ihn verfolgte, aber vielleicht noch schlimmer: mindestens ein Dutzend Urkwarda, umgangssprachlich auch Köpfesammler genannt. Sie waren so richtig angepisst, und das Donnern der Hufe ihrer Pferde auf dem Steppengrund näherte sich. Hätte er nur sein Motorrad bei sich! Aber das hatten sie ihm abgeluchst, obwohl sie zu dämlich oder zu eitel waren, es zu benutzen. Die Urkwarda waren ein seltsamer Haufen von Wüstenratten, die gerne Indianer spielten und sich deshalb die Haut rot bemalten. Verfluchte Drecksbande, dachte der kleine Mann und sah hinüber zu dem größeren Mann, der ebenfalls rannte. Dieser Mistkerl hatte ihm das alles eingebrockt. Man hatte ihn vor ihm gewarnt, aber er hatte ja nicht hören wollen. Die Aussicht auf schnelles Geld war zu verlockend gewesen.

Immer näher kamen die donnernden Hufe, die Sonne brannte erbarmungslos und der Schweiß floss in Strömen über sein Gesicht. Aber das rettende Ufer war in Sicht, keine fünfhundert Meter mehr entfernt standen drei bewegungslose Gestalten hinter den Schienen, welche die Grenze markierten. Kein Urkwarda würde sie überschreiten. Dahinter lag das Land der Free People, deren Abgesandte die drei waren. Die Free People machten ein riesigen Tam-Tam aus ihren Grenzen, und ein unerlaubter Übertritt würde ohne jeden Zweifel einen gnadenlosen Racheakt zur Folge haben.

Dummerweise galt das allerdings auch für ihn selbst. Er war nicht eingeladen worden. In seinem Fall würde die Rache allerdings buchstäblich auf den Schritt folgen. Die drei waren bewaffnet, zwei hielten Gewehre im Anschlag.

Jetzt waren ihre Gesichter deutlich zu erkennen, links eine wettergegerbte Frau, eine alte Winchester in den Händen. Rechts ein jüngerer Mann, auf dessen Wange eine lange Narbe hervorstach. In der Mitte stand, die Hand über dem Schießeisen an der Hüfte, One Shot Mike. Auf seinem grau melierten Bart glitzerte Schweiß. Offiziell hatten die Free People keine Anführer, aber One Shot Mike war immer anwesend, wenn es Probleme gab oder Verhandlungen geführt werden mussten. Der kleine Mann hatte die Schienen fast erreicht, da stolperte er über einen Stein, strauchelte und fiel der Länge nach auf den Sand. »Verdammt!«, fluchte der größere, der schon ein Stück weiter war, drehte um und riss seinen

Gefährten auf die Beine. Gemeinsam sprinteten sie das letzte Stück, um außer Puste unmittelbar vor den Schienen anzuhalten.

»Sie mal einer an«, knurrte One Shot Mike belustigt. »Hank, du altes Schlitzohr.« Sein Blick streifte den kleineren Mann. »Und du musst Ryan Gossman sein. Landvermesser, nicht wahr?«

Der kleine Mann nickte eifrig, während er nach Atem rang. Er hörte deutlich, wie der Hufschlag lauter wurde.

»Wirklich ein schöner Tag , nicht?«, meinte One Shot Mike im Plauderton.

»Nja, bin mir noch nicht sicher«, erwiderte Hank trocken.

»Bei allen Geistern!«, entfuhr es Ryan Gossman, der den ruhigen Tonfall nicht ertrug. »Wir brauchen eure Hilfe, diese Irren wollen uns fertig machen!« Er blickte nervös über die Schulter, was er sogleich bereute. Zwei der Urkwarda hatten den Rest der berittenen Meute überholt. Sie trieben ihre Pferde hart an, die Spitzen ihrer Speere glänzten im Sonnenlicht.

One Shot Mike nickte bedächtig. »Schon klar, aber was hätten wir davon, euch aus der Patsche zu helfen?«

»Antidot«, sagte Hank ohne Hast. »Ich weiß, wo eine ganze Wagenladung voll zu finden ist.«

One Shot Mike lachte brummend auf. »Sicher, Hank. Bestimmt kennst du auch noch 'ne intakte

Tankstelle und 'nen Generator, der steriles Wasser herstellt, hast du vermutlich in deiner Hosentasche versteckt, stimmt's?«

Die Frau spuckte verächtlich aus.

»Kein Dreck«, sagte Hank. »Eine ganze Wagenladung.«

Ryan fasste sich mit beiden Händen an die Stirn. Der Hufschlag war schon so laut und nah. Gleich würde ihm ein Speer durch die Brust gejagt werden. Er stieß einen Schrei aus und rannte los – aber er kam nicht weit. Als sein Fuß den Boden jenseits der Schienen betrat, traf ihn eine Kugel zwischen die Augen. Er fiel rückwärts und landete in verdrehter Haltung auf den Schienen. Rauch quoll aus der Mündung des Gewehrs. Die vollkommen ungerührte Frau lud die Winchester durch und zielte nun auf Hank, dessen Miene einen Ausdruck des Bedauerns angenommen hatte.

»Na, wirst du auch die Nerven verlieren?«, fragte One Shot Mike lauernd.

Hank schüttelte den Kopf und meinte freundlich: »Ich sterbe heute vielleicht, aber ich verliere nicht die Nerven. Das kannst du vergessen.«

Die beiden Männer blickten sich in die Augen, schätzten sich ab, bis One Shot Mike grinsend einlenkte: »Immer noch ein verdammt harter Knochen, was? Also schön, kannst passieren.«

Während Hank in aller Seelenruhe die Schienen überquerte, sagte One Shot Mike drohend: »Aber wenn du das Antidot nicht lieferst … wenn du versuchst, uns reinzulegen … Mann, dann will ich echt nicht in deiner Haut stecken. Hast du kapiert?«

»Schon klar, Amigosch, schon klar«, war alles, was Hank erwiderte. Er hörte einen Schuss hinter sich, drehte sich jedoch nicht um. Er wusste, dass es sich lediglich um einen Warnschuss gehandelt hatte. Die Urkwarda würden einen tierischen Aufstand machen, um am Ende die Schwänze einzuziehen und zu verduften. Sie würden sich nicht mit den Free People anlegen. Nicht heute und nicht wegen ihm.

Sie waren den ganzen Tag gelaufen, bis sie bei Einbruch der Dämmerung den Vorposten erreicht hatten. Es war ein schweigsamer Marsch gewesen. Hank hatte nur einsilbig auf die Ansprachen von One Shot Mike reagiert, und die beiden anderen hatten die Umgebung im Auge behalten. Die eigentliche Siedlung der Free People, das wusste Hank, lag irgendwo nördlich in den Bergen, der genaue Standort war geheim und nur Mitgliedern bekannt.

Eine mannshohe Holz- und Schrottbarrikade umgab einen rostigen Transporter und eine handvoll Zelte. Etwa zwei Dutzend Männer und Frauen hockten um ein Feuer, über dem ein Stück Vieh briet. Der Duft ließ Hank das Wasser im Mund zusammenlaufen. Die meisten waren bewaffnet. Hank fühlte sich nackt ohne seine Ausrüstung, die er wegen der angeblich *diplomatischen Mission* unweit von Stone Town in der Wüste versteckt hatte. Mike führte ihn ans Feuer. Zwei grimmige Männer rückten widerwillig ein Stück beiseite, und Hank setzte sich.

»Hört mal her her!«, sagte Mike laut. »Wie ihr seht, haben wir einen Gast. Einige von euch kennen Hank, den Wanderer, zumindest dem Namen nach. Seid nett zu ihm, aber nicht zu nett.« Mit diesen Worten schlug er Hank von hinten hart auf die Schulter, dann beugte er sich zu ihm hinab und fügte leise hinzu: »Iss was, trink was, wir unterhalten uns später.«

»Geht klar«, grunzte Hank.

Mike verschwand, und ein Mann stand auf, um Streifen von dem Fleisch herunterzuschneiden. Er sammelte die Stücke auf einem zerkratzten Silbertablett und machte dann eine Runde. Jeder, auch Hank, nahm sich etwas davon. Das Fleisch war saftig, und Fett rann Hank das stoppelige Kinn hinab. »Krüge und Wasser findest du da«, brummte der vernarbte Mann neben ihm und deutete in Richtung des Transporters.

»Mh-hm«, antwortete Hank kauend. Erst als er seine Portion verschlungen hatte, stand er auf und ging zu dem langen, verrosteten Wagen. Auf der Tragfläche befand sich ein Kanister, und daneben standen wie angekündigt Becher, Krüge, Teller und anderes Geschirr. Er nahm sich das größte Gefäß, das er fand, öffnete das Ventil und füllte den Krug randvoll. Er zügelte seine Gier, trank in kleinen Schlucken. Als der Krug leer war, füllte er ihn erneut und stapfte damit zurück zum Feuer. Seufzend ließ er sich nieder und besah sich die Gestalten im Kreis genauer. Allesamt wirkten sie verwahrlost, aber gut genährt. Selbst die Jungen und Alten schienen kräftig, ganz im Gegensatz zu anderen Orten der Ödlande. Die wenigen, die ihn beachteten, beäugten ihn argwöhnisch, mindestens zwei Pistolenläufe waren unter Ponchos auf ihn gerichtet. Schon seltsam, dachte Hank, Technik wurde allgemein verachtet, weil zum Grundwissen zählte, dass Technik und Fortschritt die alte Welt zerstört hatten, aber was als notwendig erachtet wurde, nahm man in Kauf. Weshalb stellten Waffen eine Notwendigkeit dar? Klar, weil jeder, dem die Stiefel eines anderen gefielen, diesen in den meisten Situationen abmurksen konnte, ohne eine Strafe fürchten zu müssen.

Bis er gekommen war, waren die Free People hier jedoch unter sich gewesen. Genügten da nicht ein paar wenige Wächter, die nach außen hin Schutz gewährten? Lästige Fragen, die er sich nur stellte, weil er selbst unbewaffnet war. Sollten doch all die Stämme, Clans, Gemeinschaften, Siedlungen und Städte ihre eigenen Regeln aufstellen. Was ging es ihn an?

Allmählich hatte sich die Runde an seine Anwesenheit gewöhnt, Gespräche wurden wieder aufgenommen. Eine betagte Frau erzählte zwei Kindern eine Geschichte. Hank entging nicht, dass der kleine Junge mit den dunklen, strähnigen Haaren ihm immer wieder forschende Blicke zuwarf. War er selbst einmal so jung gewesen? Nicht in dieser Welt. Er erinnerte sich an eine andere, damals, als er wie so viele aus den Staaten gekommen war, um im sich aufschwingenden Europa sein Glück zu suchen. Und es hatte gut ausgesehen, eine Weile, bis alles ganz plötzlich den Bach runtergegangen war.

Er nahm einen Schluck von dem abgestanden schmeckenden Wasser. Es war nicht gut, zurückzudenken. Die alte Welt war tot und diesem Fegefeuer gewichen, in dem man sich irgendwie durchschlagen musste. In dem kein Platz für Moral oder Sentimentalität war. Überleben – und, wenn möglich, einen guten Schnitt machen, waren die einzigen Gebote. Die Ödlande waren ein mörderischer Sandkasten, aber es war auszuhalten, wenn man sich nur um sich selbst sorgte. Global betrachtet war diese trostlose Wüste vermutlich der Hauptgewinn. Die Shedai-nai hatten kein Interesse daran und verirrten sich daher nur selten und wenn, dann nur vereinzelt hierher. Und auch den Bestien, die damals mit ihnen gekommen waren, begegnete man nur, wenn man Pech hatte.

Er hatte wieder einmal Glück gehabt, gleich doppelt sogar. »Hank!«, riss ihn eine barsche Stimme aus seinen Gedanken. Er drehte den Kopf und sah One Shot Mike in die faltenreiche Visage. »Lass uns reden.«

»Sige«, stimmte Hank zu, streckte sich und stand auf.

Sie gingen schweigsam nebeneinander her. Ohne das wärmende Feuer war es kalt. Die Sterne glommen fern und gleichgültig am Firmament, der Mond war eine dünne Sichel. Ein leichtes Lüftchen wehte von Süden, zu kraftlos, um den knielangen Poncho von Mike anzuheben. Hank wusste auch so, dass seine Rechte auf dem Griff eines Revolvers ruhte. Mike verlangsamte seinen Schritt und lehnte sich an einem einsamen Felsbrocken an. »Eine Wagenladung voll Antidot, korrekt?«

»Ganz genau, Amigosch«, bestätigte Hank.

»Ich bin nicht dein Amigosch«, sagte Mike reserviert. »Du hast keine Freunde, Wanderer.«

»Ist ja nur eine Redensart«, winkte Hank ab.

Kurz herrschte eisiges Schweigen, ehe Mikes Tonlage noch ernster wurde: »Halt mich nicht für einen Baichi.«

»Tu ich nicht, Mike, tu ich nicht«, versicherte Hank. Sie hatten sich gekannt, bevor Mike sich den Free People angeschlossen hatte und seßhaft geworden war. Damals, in den Jahren des Umbruchs, des

Terrors, der Naturkatastrophen, als Feuer vom Himmel regnete und die Shedai-nai Jagd auf sie machten. Damals war Mike ein anderer Mann gewesen. Zweimal waren sie zusammen auf Raubzug gewesen. Aber das war vorbei. Mike hatte sich entschlossen, Verantwortung zu übernehmen, zurückgeblieben war nur sein Spitzname.

»Ich gehe mal davon aus, du verrätst mir nicht, wo sich das Antidot befindet«, meinte Mike und fuhr sich mit der Hand über den Bart.

»Da denkst du richtig«, erwiderte Hank.

In der Dunkelheit waren von Mikes Miene nur die Konturen zu erkennen. »Also, wie wollen wir das regeln?«, fragte er nüchtern.

Hank zuckte mit den Schultern. »Nja, du lässt mich ziehen, und ich beschaff dir das Zeug.«

»Und woher weiß ich, dass du zurückkommst?«, hakte Mike skeptisch nach. »Du könntest auf den Gedanken kommen, Reißaus zu nehmen und die östlichen Ödlande zu verlassen.«

Hank schnaubte. »Und was sollte ich deiner Meinung nach dann tun? Nein Mike, mir gefällt es hier, und ich weiß, dass ihr mindestens bis Prak City Spione in jeder Siedlung habt. Ich werde mich nicht aus dem Staub machen, und du wirst bekommen, was ich dir versprochen habe. Davor muss ich allerdings einen Abstecher nach Stone Town machen.«

Mike überging die letzte Aussage und fragte: »Ich habe also dein Wort?«

Hank zögerte nicht zu antworten: »Du hast mein Wort.« Lügen und falsche Versprechen gingen ihm leicht über die Lippen. Überleben und einen guten Schnitt machen war alles, was zählte.

***

Hank schlief wie ein Baby. In der Nacht hatte er noch eine Weile am Feuer verbracht. Mike hatte den anderen von ihrem Deal berichtet, und die Stimmung hatte sich aufgelockert. Die Free People hatten Hank viele Fragen gestellt, und er hatte die Wahrheit nur gerade so weit gebogen, wie er es für nötig erachtet hatte. Er war tatsächlich in flagranti im Zelt der Häuptlingsfrau ertappt worden, nur nicht dabei, diese zu pflügen. Stattdessen hatte er eine flache Schatulle gestohlen, die er unter seinem Hemd unter den Gürtel geschoben aufbewahrte. Die Flucht hatte er nur wenig ausgeschmückt, sie war tatsächlich einigermaßen spektakulär abgelaufen. Einige der Älteren im Kreis hatten gelacht, die Jüngeren hatten mitgefiebert. Vor allem der Junge mit den strähnigen Haaren hatte ihn die gesamte Erzählung hindurch angeglotzt, als käme Hank vom Mond. Er war ein Hoffnungsträger, sie schienen das Antidot wirklich dringend zu benötigen. Wahrscheinlich hatte es in ihrem Hauptlager

Mutationen gegeben. Hank hatte sich nur sehr kurz mies gefühlt. Enttäuschte Hoffnungen waren schließlich Normalität im Ödland.

Motorengeräusch weckte ihn aus seinem tiefen Schlummer. Er rieb sich den Schlaf aus den Augen, gähnte, streifte die geliehene Decke von sich ab und stand von seiner Schlafstelle nahe des noch glühenden Feuers auf. Ein Buggy wurde von einem Mann mit Gewehr in der Hand auf der Südseite des Lagers durchgewinkt. Die Fahrerin, eine Frau mit blonder Mähne, steuerte das Gefährt langsam in Richtung Feuerstelle. Mike kam aus einem Zelt heraus. Als die Fahrerin ihn sah, hielt sie an, sprang aus dem Buggy, und die beiden küssten sich innig. So war das also, dachte Hank, der berüchtigte One Shot Mike war wegen einer Liebschaft weich geworden. Nun ja, es gab schlechtere Gründe.

Eine zahnlose Alte kroch aus einem Zelteingang, in der Hand eine dampfende Blechtasse. Kichernd reichte sie Hank die Tasse und schlurfte, etwas Unverständliches meckernd, zurück ins Zelt. Wie auf ein geheimes Zeichen hin erwachte plötzlich das gesamte Lager zum Leben. Kram wurde zusammengepackt, Zelte wurden abgebaut und zusammengerollt. Hank sah dem Treiben zu, wobei er vorsichtig an dem heißen, bitteren Tee nippte. Der Buggy wurde mit einer großen Truhe und zwei Benzinkanistern beladen. Kinder spielten Fangen oder halfen ihren Eltern beim

Abbau. Der auffällige Junge war nicht unter ihnen. Das war Hank nur recht, seine bewundernden Blicke waren ihm auf die Nerven gegangen. Er beobachtete, wie die Frau mit der blonden Mähne zu ihm kommen wollte, jedoch von One Shot Mike zurückgehalten wurde. Sie verpasste ihm einen Knuff in die Rippen, drückte ihm einen kleinen, glitzernden Gegenstand in die Hand und wandte sich ab. Mike kam auf Hank zu. Noch ehe er ihn erreicht hatte, warf er den Gegenstand in hohem Bogen. Hank fing den Schlüssel auf.

»Großzügig«, meinte Hank mit Blick auf den Buggy.

»Nja, kann dich ja schlecht zu Fuß losziehen lassen.« Mike senkte die Stimme und fügte hinzu: »Eine Wagenladung voll ist verdammt viel. Wenn du mit dieser Kiste da« – er deutete auf die auf der Ladefläche vertäute Truhe – »bis zum Rand voll mit reinem Antidot zurückkommst, sind wir quitt.« Er zwinkerte, eine Geste, die ihm nicht gut stand, fand Hank. Mike griff hinter sich an den Gürtel und reichte Hank einen handlichen Revolver mit kurzem Lauf. Instinktiv ließ Hank die Trommel herausspringen, um festzustellen, dass sie leer war.

»Patronen findest du im Handschuhfach.« Mike zwinkerte noch einmal.

»Wie finde ich euch?«, fragte Hank.

»Fahr einfach Richtung Norden auf die Berge zu, dann finden wir dich.«

»Sige«, sagte Hank.

»Mann, enttäusch mich nicht, wir brauchen das Zeug und zwar so schnell wie möglich«, knurrte Mike. Seine harte Schale hatte einen Riss bekommen. Er war wirklich weich geworden.

»Mach dir keine Sorgen, Mike«, sagte Hank lässig, »ich bin schneller wieder da, als du ziehen kannst.«

»Lass es besser nicht drauf ankommen.«

Hank nickte und stieg in den Buggy. Er drückte die Kupplung, steckte den Schlüssel ins Zündschloss, drehte ihn, und der Motor sprang auf Anhieb an. Es konnte also wieder losgehen. Er lenkte den Wagen durch das sich im Aufbruch befindliche Lager. Die Wache am Südende ließ ihn passieren, und ohne sich noch einmal umzuschauen, gab er Gas.

Es tat gut, wieder auf der Straße zu sein. Auch wenn die Straße lediglich aus einer holprigen Piste bestand, die Sonne durch das kaum schützende Tuch über ihm brannte und er das Gefühl hatte, sie röste ihm das Hirn. Den feinstäubigen Sand hingegen, der sich in der Kleidung festsetzte, der die Augen zum Tränen brachte und der ständig zwischen den Zähnen knirschte, bemerkte er kaum noch. Der war allgegenwärtig. Wenn es eine Göttin in den Ödlanden gab, war ihr Name *Sand*.

Hank hielt mit einer Hand das Steuer, während er mit der anderen Patronen aus dem Handschuhfach fingerte, um sie in die Trommel des Revolvers zu stecken. Als die Waffe geladen war, legte er sie auf den Beifahrersitz. Die Geschwindigkeitsanzeige funktionierte nicht, aber er wusste auch so, dass er einen ganz schönen Zahn drauf hatte. Der ursprüngliche Motor musste gegen einen anderen, leistungsstärkeren ausgetauscht worden sein. Nur einmal ging er vom Gas runter – als er die verrosteten Bahnschienen an einem von Sand bedeckten Übergang passierte. Das danebenstehende Bahnhofshäuschen war zusammengefallen, ein nutzlos gewordener Überrest aus der alten Zeit. Als er wieder maximale Geschwindigkeit erreicht hatte, orientierte er sich am Sonnenstand und schlug eine süd-östliche Route ein. Im Westen lag das Stammesgebiet der Urkwarda, mit denen er eine weitere Begegnung um jeden Preis vermeiden wollte, zu weit östlich durfte er allerdings auch nicht geraten, weil er sonst Seuchengebiet betreten würde. Er musste sein Gefährt genau zwischen diesen beiden Gefahrenquellen hindurchmanövrieren.

Die Sonne hatte den Zenit bereits überschritten, als Hank beschloss, eine Pause einzulegen. Er blickte nach allen Seiten. Weit und breit nur verlassene Steppe. Zwar konnte der Eindruck täuschen, aber Hank hatte jahrelange Erfahrung im Überleben in der Ödnis, und er konnte nichts ausmachen, das seine Instinkte alarmiert hätte. Erst drosselte er die Geschwindigkeit, dann hielt er neben einem verkrüppelten Baum an. Mike war so freundlich gewesen, die

Ladefläche neben der Truhe zusätzlich mit einigen Wasserflaschen und Dosen zu bestücken. Hank nahm sich eine Flasche und trank – wie immer in kleinen Schlucken. So gut, wie er vorankam, würde er lediglich zwei Nächte im Freien verbringen müssen. In Stone Town würde ihn dann das beste Freudenhaus weit und breit erwarten. Bei dem Gedanken musste er lachen. Das *Venus Inn* war auch das *einzige* Freudenhaus weit und breit.

Plötzlich: Ein Geräusch in unmittelbarer Nähe. Hank duckte sich in Deckung. Er schlich zur Fahrertür, öffnete und nahm den Revolver zur Hand. Erneut das Geräusch. Ein Klopfen, als … als würde jemand von innen gegen die Truhe auf der Ladefläche schlagen. Hank stand auf und ging um den Buggy herum. Ein drittes Mal dasselbe Geräusch. Eindeutig, jemand hatte sich in der Truhe versteckt. Für einen ausgewachsenen Menschen war nicht genug Platz darin. Mit der Linken fasste Hank an die Verschlussklappe, mit der Rechten hielt er den Revolver im Anschlag. In einem Ruck riss er den Deckel der Truhe auf – und schaute in das schmutzige Gesicht des Jungen, der ihn am Feuer der Free People die ganze Zeit über angestarrt hatte.

»Nicht schießen!«, flehte die verängstigte Rotznase. »Ich bin's nur!«

Hank schlug den Deckel der Truhe erst einmal wieder zu. So ein ausgemachter Mist! Er sollte den

Bengel erschießen und seine Leiche den Aasfressern überlassen. Nichts als Ärger würde er ihm einbringen. Ihn kaltmachen wäre das einzig Vernünftige. Aber er konnte es nicht. Grimmig steckte er den Revolver in den Gürtel, seufzte tief, öffnete die Truhe erneut, packte den Jungen am Schlafittchen und schleuderte ihn auf den Boden. Der Junge fiel hart, ächzte, verkniff sich aber ein Jammern. Er stand auf und klopfte sich den Sand von der abgewetzten Kleidung. »Bohdan Novotny«, sagte er, indem er Hank die Hand entgegenstreckte. »Aber meine Freunde nennen mich Boh. Es ist mir eine große …«

»Halts Maul«, schnaubte Hank. Er rieb sich die Stirn. »Findest du allein den Weg zurück zu deinem Volk?«

»Sicher«, sagte der Junge, »wenn du mir all dein Wasser und Proviant gibst, könnte ich es schaffen.«

»Halt dich bloß nicht für schlau«, schnauzte Hank zurück, »du bist dumm, äußerst dumm sogar! Was hast du dir nur dabei gedacht?«

»Ich …«, setzte Bohdan an.

»Halts Maul!«, würgte Hank ihn erneut ab. »Ich will's nicht wissen, interessiert mich einen Scheiß.« Er sah sich um. Die Sonne spiegelte sich auf dem endlosen Sandmeer. Keine zwei Tage würde der Junge in dieser Wildnis überleben, selbst wenn er ihm etwas von seinem Wasser abgeben würde, und das würde er auf gar keinen Fall tun. Hank traf eine Entscheidung:

»Ich nehme dich mit bis Stone Town, von dort aus wirst du dich irgendwie allein durchschlagen.«

»Aber du fährst doch eh zurück, um das Antidot abzuliefern«, wandte Bohdan ein.

»Halt's Maul«, sagte Hank und stieg in den Buggy. Bohdan beeilte sich, auf dem Beifahrersitz Platz zu nehmen. Der Buggy beschleunigte schon, als Bohdan die Tür zuschlug. Es hatte sich nichts verändert, versicherte sich Hank im Stillen. Der Junge war nur ein kleines Ärgernis am Rande, er würde immer noch einen guten Schnitt machen und sich danach fürs Erste von den östlichen Ödlanden verabschieden. Prak City musste er wegen einer dummen alten Geschichte meiden, aber er konnte die Stadt umfahren und weiter Richtung Süden ziehen.

Sie fuhren den ganzen restlichen Tag. Die Landschaft veränderte sich langsam, aber stetig. Felsen lösten die Wüste ab. Vor ihnen wuchsen die kahlen Felsen zu einer zerklüfteten Bergkette an. Die Berge stellten den gefährlichsten Abschnitt des noch vor ihnen liegenden Weges dar. Sie mussten durch eine Schlucht, die sich bestens für einen Hinterhalt eignete. Zwar wagten sich die Urkwada nur selten so weit aus ihrem Territorium, aber es galt dennoch, vorsichtig zu sein.

Kurz bevor die Dämmerung hereinbrach, parkte Hank den Wagen hinter einem Findling, der ihnen nach Süden hin Sichtschutz bot. Er trank aus einer

Wasserflasche, und der Junge sah ihn aus großen Augen an. Widerwillig reichte Hank ihm die Flasche. Als er seiner Ansicht nach ausreichend getrunken hatte, riss er sie ihm aus der Hand und legte sie auf den Fahrersitz. »Hör zu, Kleiner«, brummte er, »ich werde kundschaften gehen. Du bleibst hier, du verhältst dich mucksmäuschenstill, und du rührst nichts an, kapiert?«

Bohdan nickte.

Hank zog den Schlüssel vom Zündschloss ab und steckte ihn in die Hosentasche. Er trank noch einmal, dann stiefelte er los.

Bohdan sah dem Mann nach, wie er im Zwielicht verschwand. Hank, der Wanderer – irgendwie hatte er sich den Beginn des gemeinsamen Abenteuers anders vorgestellt, aber es würde sicher alles anders, wenn sie sich erst einmal näher kennenlernten.

2. Kapitel

Der Wanderer war schon mindestens seit drei Stunden unterwegs, aber Bohdan war in seiner Abwesenheit nicht untätig gewesen. Er hatte Holz gesammelt und damit ein Feuer gemacht, und er hatte zwei Eidechsen gefangen. Die Eidechsen rösteten über den Flammen, sobald sie gar wären, würde er sie kleinschneiden und zu den Bohnen geben, die am Rand des Feuers in ihren Dosen erhitzt wurden. Die Mahlzeit war sicher keine Heldentat, aber der Wanderer würde zufrieden mit ihm sein. Umso erstaunter war er, als der Wanderer zurückkam, ihn mit der flachen Hand ins Gesicht schlug und dann hektisch das Feuer mit den Stiefeln austrat. Bohdan rettete die Bohnen, die Eidechsen waren verloren. »Was ist denn bloß in dich gefahren?«, fragte er verstört.

»Was in mich …?«, zischte Hank. »Du kleiner, nutzloser Baichi!« Das Feuer war gelöscht. Hank ging in die Knie und sah sich nach allen Seiten um. »Die Urkwarda wollen aus unseren Schädeln trinken, wir sind am Rand des Seuchengebiets – und du zündest ein Feuer an. Bist du einfach nur dämlich, oder willst du sterben, Junge?«

»Es tut mir leid«, flüsterte Bohdan geknickt.

»Noch nicht«, fauchte Hank, »aber wenn die Urkwarda dir bei lebendigem Leib die Haut abziehen, tut es dir sicher leid.«

»Ich wusste nicht …«, setzte Bohdan zu einer kleinlauten Entschuldigung an.

»Halt's Maul!« Hank erhob sich. »Wir fahren die Nacht durch. Einsteigen.«

Bohdan war müde wie selten in seinem Leben, aber er zwang sich die Augen offenzuhalten. Immerhin war es seine Schuld, dass sie durch die kalte, finstere Nacht fahren mussten, anstatt sich auszuruhen. Eine Decke oder ein Mantel wäre nicht schlecht gewesen. So schützte ihn nur der löchrige Pullover über dem dünnen Hemd, das er am Leib trug, gegen die Kälte der Nacht, die durch den Fahrtwind noch verstärkt wurde. Hank nahm einen Löffel aus seiner Bohnendose. Bohdan hatte seine längst geleert. Ihm fiel auf, dass der Wanderer fast alles, was er tat, langsam und bedächtig tat. Seine nächste Mahlzeit, entschied Bohdan, würde er auch über Stunden ausgedehnt zu sich nehmen.

Sie fuhren ohne Licht, dennoch waren die Konturen der anwachsenden Felsen auszumachen. Von allen Seiten rückten sie bedrückend näher, und der Wanderer war immer häufiger gezwungen, ganz langsam zu fahren, weil die Piste schmaler wurde und Hänge zu beiden Seiten steil abfielen. Ein Ausrutscher, und sie würden in grundlos scheinende, schwarze Tiefen stürzen. Allein das Adrenalin in seinen Adern hielt Bohdan wach. Das Adrenalin …

und dieses sonderbare Gefühl. Panisch versuchte er es zu verscheuchen. Gegen seinen Willen drängten sich ihm Bilder aus seiner Erinnerung auf. František, der stärkste Junge im Dorf, hatte ihn, seit er laufen konnte, gehänselt, verspottet und gequält. Immer wenn die Kinder unbeobachtet gewesen waren, hatte der Fiesling ihn vor den anderen lächerlich gemacht. Bis zu jenem Tag, als Bohdan zurückgeschlagen hatte … Nein, er wollte nicht daran denken, aber die Bilder waren stärker als sein Wille. Jetzt zeigten sie ihm, wie er mit seinem Vater auf der Jagd gewesen war. Sein Vater, der einzige Mensch im Dorf, der ihn nach dem Vorfall nicht gemieden hatte. Die Gefahr war deutlich zu spüren gewesen. Wieso hatte sein Vater sie nicht auch gespürt? Er hatte keine andere Wahl gehabt, er hatte handeln müssen, um sie beide zu schützen. Seit jenem Tag war er allein auf der Welt gewesen, Boh, der Sonderling, Boh, der Verrückte. Und immer kündigte sich seine Verrücktheit mit diesem sonderbaren Gefühl an. »Wanderer«, hauchte er kaum hörbar leise, aber Hank hatte ihn gehört.

»Hm?«

»Wir sollten besser umkehren«, sagte Bohdan.

»Hast die Hosen voll, was?«, grunzte Hank. »Kann man dir nicht verdenken, in diesen Hügeln lauert der Tod. Aber wir sind bald durch.«

Bohdan wollte protestieren, unterdrückte die Gegenrede jedoch. Er wollte sich nicht blamieren, nicht vor dem Wanderer.

Sie hatten den höchsten Punkt überschritten, nun ging es abwärts. Hank wich größeren Geröllbrocken aus, ließ den Buggy aber allmählich wieder Fahrt aufnehmen. Bohdan fühlte sich, als würde ihm eine kalte Geisterhand die Kehle zudrücken. Der Schweiß brach ihm aus. Das sonderbare Gefühl wurde immer mächtiger.

»Scheiße!«, fluchte Hank mit einem Mal laut.

Ehe Bohdan fragen konnte, sah er es selbst: Fackeln vor ihnen in der Dunkelheit und Schemen von Pferden.

»Urkwarda«, knurrte Hank bitter.

»Was sind …?«, setzte Bohdan an, aber er konnte seinen Satz nicht zu Ende bringen. Seile schlangen von oben durch die Luft, gehärtete Taue, gespickt mit Nägeln.

»Spring!«, schrie Hank und riss die Tür auf.

Bohdan dachte nicht nach, sondern handelte. Kurz nach dem Wanderer fiel er hart auf den Boden. Sein Körper drehte sich, aber schließlich blieb er bäuchlings liegen. Er sah dem Buggy zu, der noch ein Stück allein weiterfuhr, dann gab es ein zischendes Geräusch. Die linke Seite des Gefährts sackte ein Stück herab, und als hätte jemand hart am Lenkrad gerissen, machte es einen ruckhaften Schwenk, um sich dann zu überschlagen. Ehe es zum Stehen kam, bohrten sich Pfeile in die Sitze, auf denen sie eben noch gesessen hatten. Der Schemen eines Mannes sprang auf den Buggy und stieß Kriegsgeheul aus. Ein lauter Knall zerriss die Luft und der Mann fiel zu Boden.

»Weg hier«, zischte ihm der Wanderer zu, indem er aufstand, den rauchenden Revolver in der Hand. Bohdan folgte ihm mit hastigen Schritten einen Hang hinauf. Der Hang wurde steiler, und bald mussten sie klettern. Kein Laut war von den Urkwarda zu hören, doch das machte die Flucht umso unheimlicher. In geduckter Haltung huschten sie einen Kamm entlang, dann hinab, dann wieder hinauf. Endlich hielt der Wanderer an. Auch sein Atem ging schwer und stoßweise.

»Haben wir sie abgehängt?«, wagte Bohdan leise zu fragen.

»Für's erste – wenn wir Glück haben«, antwortete Hank. »Aber diese Hurensöhne werden nicht so schnell aufgeben.« Er wischte sich Schweiß von der Stirn. »Unser Glück ist, dass sie nicht wissen, wie wenig Munition wir haben, sonst hätten sie uns gleich in der Schlucht überrannt.«

Bohdan fühlte sich schuldig. »Meinst du … meinst du, es war wegen dem Feuer?«

»Wahrscheinlich«, sagte Hank, dessen Atmung sich allmählich wieder normalisierte. »Vielleicht aber auch nicht. Im Moment spielt es keine Rolle. Alles was zählt, ist diesen Bastarden zu entkommen.«

Bohdan nickte stumm. Er musste sich zusammenreißen. Hank sah ihn abschätzend an. »Kannst du noch?«

Bohdan nickte erneut, und sie liefen weiter.

Als die Dämmerung aufzog, taten Bohdan die Beine nicht mehr weh. Sie schienen sich verselbstständigt zu haben. Sie würden ihn einfach weitertragen, bis er zusammenbrach. Hank war ein Stück vor ihm auf einen Geröllhaufen geklettert. Kurz vor der Kuppe hielt er inne, kundschaftete die Lage aus. Ohne sich umzudrehen, winkte er Bohdan zu. Die tauben Beine trugen den Jungen den Geröllhaufen hinauf, zweimal wäre er beinahe abgerutscht und musste mit den Händen nachhelfen, aber schließlich stand er neben dem ihn überragenden Mann. Hank deutete mit dem Zeigefinger auf einen schwarzen Punkt. Bohdan kniff die Augen zusammen. »Eine Höhle«, stellte er fest.

»Dort werden wir den Tag über rasten«, brummte Hank und machte sich an den Abstieg.

Der Eingang der Höhle war größer, als Bohdan aus der Distanz angenommen hatte; an der höchsten Stelle ungefähr doppelt so hoch wie Hank. Decke, Wände und der Boden waren feucht.

»Wenn wir Glück haben«, brummte Hank, »finden wir hier sogar Wasser.«

Sie folgten dem Gang abwärts, und als er sich verzweigte, nahmen sie den linken Tunnel, der steiler hinabführte. Sie hatten Glück, in einem natürlichen Bassin hatte sich ein winziger See gebildet. Über einen Spalt in der Decke fiel fahles Licht ein. Der Wanderer kniete sich nieder und kostete. »Etwas salzig, aber trinkbar.«

Das ließ Bohdan sich nicht zweimal sagen. Er kniete sich ebenfalls hin und schöpfte gierig mit der hohlen Hand. Das Wasser war überraschend warm, aber es schmeckte köstlich, und Bohdan bekam nicht genug davon.

»Langsam«, mahnte der Wanderer, »überfordere deinen Körper nicht.«

Richtig, er hatte sich ja vorgenommen, alles auch ganz langsam zu sich zu nehmen. So saßen sie schweigsam nebeneinander, in kleinen Schlucken trinkend. Es war das erste Innehalten seit dem Hinterhalt der Urkwarda, und Bohdan ging erst jetzt auf, wie prekär ihre Lage war. Sie hatten ihr Fortbewegungsmittel und ihre gesamten Vorräte verloren, und sie befanden sich mitten im menschenfeindlichen Niemandsland. Der Wanderer sah seinen verängstigten Blick und meinte: »Allmählich kapierst du's, hm? Ein Abenteuer klingt immer nur nett und aufregend, wenn man es am Feuer erzählt bekommt – niemals, wenn man mitten drin steckt.«

»Ja«, sagte Bohdan und versuchte sich an einem Lächeln. Er verschwieg, dass ihn mehr als Abenteuerlust dazu gebracht hatte, sich in der Kiste zu verstecken. Ihm waren Legenden über Schamanen und Hexer zu Ohren gekommen. Manche Aspekte dieser Geschichten hatten ihn an ihn selbst erinnert, an das, was er manchmal Wahnsinn, manchmal Glück und manchmal wie die Alten im Dorf Nachhall nannte. Er hatte sich dem Wanderer nicht angeschlossen, um sich absichtlich in Gefahr zu bringen. Sein Ziel bestand darin, herauszufinden, wer oder was er war. Weshalb er so anders war als die anderen Kinder im Dorf.

»Suchen wir uns einen geeigneten Schlafplatz«, sagte Hank, indem er aufstand und den kleinen See umrundete. Dahinter führte ein Gang tiefer in den Berg hinein. Bald sah man kaum noch die Hand vor Augen, und dann war gar nichts mehr zu sehen. Schwere, undurchdringbare Finsternis. Bohdan folgte den Geräuschen von Hanks Schritten. Die Luft wurde zunehmend feuchter und wärmer und die Höhlendecke immer niedriger, sodass sie geduckt gehen mussten.

»Warte«, sagte Hank. Die Akustik ließ darauf schließen, dass sie sich in einer Grotte befanden. Bohdan machte zwei vorsichtige Schritte, fasste nach oben und stellte fest, dass er wieder aufrecht stehen konnte.

»Hier ruhen wir uns aus«, erklärte Hank.

Bohdan entnahm den Geräuschen, dass der Wanderer es sich auf dem Boden gemütlich machte. Seufzend legte er sich ebenfalls hin. Es war zwar wärmer als draußen, aber immer noch kühl, und der Felsboden war hart. Es dauerte nicht lange, bis er den Wanderer schnarchen hörte. Er kauerte sich bibbernd zusammen und bemühte sich, ebenfalls einzuschlafen.

Irgendwie musste es ihm gelungen sein, denn er erwachte schweißgebadet. Er hatte einen Alptraum gehabt, und das sonderbare Gefühl war wieder da, stärker als je zuvor. Der Wanderer schnarchte noch immer. Bohdan setzte sich leise auf. Ein trippelndes Geräusche echote an seine Ohren. Oder bildete er sich das nur ein? Angst schnürte ihm die Kehle zu. Er wollte sehen, er musste sehen – und plötzlich sah er. Für einen ganz kurzen Augenblick hatte er die Grotte, die ihn umgab, und den Wanderer schlafend neben sich gesehen. Als ob ein Blitz durch den Himmel gezuckt wäre, aber über ihm war nichts als undurchdringbarer Stein. Wie war das möglich? Er versuchte es noch einmal, zielte mit all seiner Willenskraft auf diesen Wunsch, und es gelang tatsächlich. Er blickte sich um. In einer Ecke gegenüber lagen Knochen, das Skelett eines Bären. Es war offensichtlich, dass das Tier gewaltsam ums Leben gekommen war. Etliche Rippenknochen waren abgebrochen, ein mächtiger Hieb musste sie getroffen haben. *Der neue Bewohner der Höhle*, schoss es durch Bohdans Kopf. Dann war mit einem Mal mal wieder alles stockfinster. Nein, er bildete sich das Trippeln nicht ein, es kam näher.

Er rüttelte den Wanderer wach. »Was?«, fragte dieser schlaftrunken.

»Gefahr«, brachte Bohdan heraus, »wir müssen hier weg!«

Sie kamen beide auf die Beine. Kurz standen sie und lauschten. »Verdammt«, fluchte der Wanderer, und sie stürzten los. Sie rannten, so schnell die Dunkelheit es erlaubte, durch den Tunnel, in dem man sich ducken musste, nach oben. Das sich nähernde Geräusch wurde nun deutlicher. Es klang nach Klauen auf Fels. Viele Klauen, viele Beine …

Endlich Licht! Sie umrundeten den kleinen See, aus dem sie getrunken hatten. Hank fuhr herum, und auch Bohdan drehte sich. Da war es, ein Monstrum, fürchterlich anzusehen. Es hatte den Leib einer übergroßen Spinne, seine Beine waren allerdings kürzer. Die Fangwerkzeuge um das Maul herum waren weit aufgespannt. Acht schwarze Augen hatte das Untier, und allesamt waren auf seine Beute gerichtet. Hank zielte und schoss. Der Knall hallte laut durch die Gänge. Die Kugel hatte die Kreatur seitlich in den Kopf getroffen. Sie schien nicht schwer verwundet, zog sich aber ein Stück in den Tunnel zurück.

»Lauf!«, sagte Hank, während er langsam rückwärts ging, den Revolver auf den Tunnel gerichtet. Bohdan tat wie ihm geheißen, er rannte, so schnell ihn seine Beine trugen. Noch ein Schuss hinter ihm, dann noch ein dritter. Jetzt hatte Bohdan den Ausgang der Höhle erreicht. Keuchend hielt er inne. Hatte der Wanderer die Bestie aufgehalten oder hatte sie ihn erwischt? Wenn er tot war, was sollte er dann machen? Aber der Wanderer war nicht tot. Schnaubend kam er ans Licht.

»Hab dem Drecksvieh ganz schön was verpasst«, brummte er, »aber wir sollten trotzdem schleunigst verduften. Die Schüsse könnten unsere alten Freunde wieder auf den Spielplan rufen.«

Bohdan lächelte erleichtert.

Sie stiegen den Felsen hinab und wanderten dann am Geröllhaufen entlang. »Bist ja doch nicht vollkommen nutzlos«, meinte Hank über die Schulter. »Wenn wir in Stone Town sind, gebe ich dir einen ...« Weiter kam er nicht. Ein länglicher Gegenstand straf ihn hart gegen die Stirn und er stürzte zu Boden. Im nächsten Augenblick packten Bohdan zwei starke Arme von hinten. Blitzschnell wurden ihm die Hände auf den Rücken gefesselt. Ein grober Stoß und er fiel neben dem Wanderer zu Boden. Hinter einem Felsen kam ein grinsender Mann hervor. Sein bis auf einen Lendenschurz nackter Körper war mit roter Farbe bemalt, und in seinem gemusterten Stirnband steckten Federn. Er hob den Tomahawk auf, den er dem Wanderer an den Kopf geschleudert hatte. Breitbeinig positionierte er sich über ihnen. Er sagte etwas zu einem anderen Mann, der nun neben ihn trat, aber Bohdan verstand die kehlig ausgesprochenen Worte nicht. Der Mann spuckte aus und ging, wahrscheinlich, um Pferde oder Verstärkung zu holen. Der andere, der blieb, grinste fies und entblößte dabei seine schlechten Zähne. Er kniete sich über den Wanderer, riss grob dessen Kopf zurück und zückte ein Messer. Er wollte ihn skalpieren! Bohdan musste etwas tun, aber was? *Sein Glück, der Nachhall …* Das Seil um seine Handgelenke war zu fest, er konnte es nicht abstreifen. *Konzentration!* Ohne zu verstehen, wie er es tat, lenkte er all seine Körperwärme in die Handgelenke. Sie wurden erst warm, dann heiß und immer heißer. Es schmerzte, aber das Seil begann zu schmoren. Der Urkwarda setzte sein schartiges Messer oberhalb der Stirn des Wanderers an, der nun wieder zur Besinnung kam. Er keuchte, er war wehrlos.

Jetzt war die Fessel durch. Bohdan blickte sich hektisch um. Da, ein Stein. Er griff nach dem Stein, holte aus, rutschte ein Stück näher heran und schlug dem Urkwarda den Stein mit ganzer Kraft gegen den Hinterkopf. Überrascht grunzte dieser auf und wandte sich Bohdan zu – der noch einmal zuschlug. Aus dem Kopf blutend sackte der Mann auf dem Wanderer zusammen. Bohdan half ihm, sich von dem Gewicht des Kriegers zu befreien.

»Es waren zwei«, ächzte Hank benebelt, während er sich aufsetzte.

»Ja«, bestätigte Bohdan drängend, »wir müssen schleunigst verschwinden.«

Aber es war zu spät, der andere Krieger kehrte bereits zurück. Er führte zwei Pferde an den Zügeln. Als er verstand, was geschehen war, stieß er einen gellenden Schrei aus, zückte seinen Tomahawk und rannte auf sie zu. Der Wanderer nahm das Messer des Bewusstlosen an sich und kämpfte sich auf die Beine. Gerade als er stand, erreichte ihn der Anstürmende und riss ihn wieder zu Boden. Die beiden stürzten hart, und ein gnadenloses Handgemenge entstand. Wieso, fragte sich Bohdan, hatte der Wanderer nicht den Revolver benutzt? Ein dummer Gedanke. Natürlich hatte er es unterlassen, um nicht noch mehr Urkwarda anzulocken. Bohdan wollte gerade den Stein, mit dem er den anderen bewusstlos geschlagen hatte, aufheben, als es dem Wanderer gelang, seinem Widersacher das Messer seitlich in die Hüfte zu stechen. Dem Krieger entwich die Kraft, und der Wanderer wälzte sich auf ihn, um ihm die Klinge über die Kehle zu ziehen. »Die Pferde«, keuchte er, während er sich das Messer in den Gürtel steckte.

Bohdan eilte zu den beiden braunen Tieren. Sie wichen scheu zurück, aber Bohdan bekam die Zügel zu fassen und zog sie Richtung Hank, der nun auf dem Bewusstlosen hockte und ihm mit beiden

Händen die Kehle zudrückte. Bohdan war entsetzt, aber er wusste, dass der Wanderer nur tat, was vernünftig war. Die Beine des Kriegers zuckten, dann blieben sie starr liegen. Der Wanderer stand auf und wandte sich Bohdan und den Pferden zu.

»Kannst du reiten?«, fragte er, indem er sich schlapp, aber gekonnt auf den Rücken des einen Pferdes zog.

»Ein wenig«, übertrieb Bohdan und versuchte, es dem Wanderer nachzutun. Er rutschte ab, und das Tier machte ein paar Schritte fort von ihm. Erst als es der Wanderer von seinem Pferd aus festhielt, gelang es Bohdan aufzusteigen. Die Pferde hatte keine Steigeisen und anstelle von Sätteln lediglich mit einem breiten Band festgebundene Decken. Es kostete Bohdan all seine Aufmerksamkeit, nicht abzurutschen, als er das Tier unter ihm wenden ließ. Zudem war ihm speiübel, und seine Haut prickelte unangenehm, als hätte er sich einen Sonnenbrand zugezogen. Eine Stimme tief in seinem Inneren stellte einen vagen Zusammenhang zwischen seinem Unwohlsein und dem Anwenden des Glücks her. Aber jetzt war nicht die Zeit, darüber nachzudenken.

»Spann die Oberschenkel an«, riet der Wanderer. »Los jetzt! Heia!«

Und so ritten sie los.

3. Kapitel

Der Junge ritt wie ein Mädchen, aber er hielt sich wacker im Sattel. Außerdem wurden die bescheidenen Reitkünste des Jungen dadurch ausgeglichen, dass Hank, wann immer sie absteigen und die Pferde führen mussten, derjenige war, der sie aufhielt. Mittlerweile hatte sich eine dicke Beule an der Stelle gebildet, an der der Tomahawk ihn getroffen hatte. Hank fühlte sich benebelt, und er fieberte leicht. Wenn er sich anstrengen musste, brach ihm der Schweiß aus. Und das geschah häufig, da sie die Schlucht über unwegsames Gelände umgehen mussten. Als die Sonne über den gezackten Felsen hinter ihnen unterging, hatten sie die Ausläufer des kleinen Gebirges erreicht, und das Sandmeer lag offen vor ihnen.

Hank war am Ende seiner Kräfte, er musste ausruhen. An einem Hügel angekommen, stieg er ab und band das Pferd an einem Dornbusch an. »Wir sollten Wache halten«, sagte er und war froh, als der Junge erwiderte: »Ich übernehme die erste.«

Hank löste den Knoten des Bandes, das die Satteldecke auf dem Pferderücken hielt. Er legte sich auf die trockene Erde und deckte sich zu. »Weck mich sofort, wenn du etwas von unseren Freunden siehst oder hörst.«

»Klar«, entgegnete der Junge, band sein Pferd ebenfalls an und kletterte auf den Hügel.

Die Rotznase hatte ihm heute zweimal das Leben gerettet. Natürlich hatte er ihnen den ganzen Schlamassel erst eingebrockt, dennoch … Ob der Junge wusste, dass er ein Mushanti war? Hank bezweifelte es. Er würde mit ihm darüber sprechen, aber nicht jetzt. Jetzt würde er sich ausruhen.

Als Hank die Augen wieder öffnete, hatte bereits die Morgendämmerung eingesetzt. Stilles Zwielicht beherrschte die Felsengegend. War der Junge bei der Wache eingenickt oder hatte er ihn durchschlafen lassen, um seinen Fehler wiedergutzumachen? Er wollte ausspucken, unterließ es aber. Sie mussten sparsam mit ihren Wasserreserven umgehen. Er schluckte den Rotz hinunter, seine Kehle klebte trocken am Gaumen. Vorsichtig betastete er die Beule an seiner Stirn. Die Stelle schmerzte, aber glücklicherweise nur von außen. Das Pochen innen war verschwunden. Gewohnheitsmäßig überprüfte er, ob die Schatulle noch an ihrem Platz in seinem Hosenbund steckte, dann stand er auf.

Bohdan bemerkte ihn und rutschte von dem Hügel hinunter. Er war also wach geblieben, guter Junge. Hank brummte einen Morgengruß, und sie banden die Tiere los. Diesmal schaffte der Junge es beim ersten Versuch auf den Rücken seines Pferdes. »Ein halber Tagesritt«, flüsterte Hank, »dann dürften wir die Urkwarda endgültig los sein.« Er schnalzte mit der Zunge, und die Pferde fielen in einen leichten Trab.

Die Sonne stieg, und die Hitze nahm zu. Zur Mittagszeit wurde sie sengend. Der Junge war über dem Hals seines Pferdes zusammengesackt. Er brabbelte etwas Unverständliches im Schlaf. Hank lächelte, er hatte sich nicht beschwert. Nicht über den Schlafmangel und nicht über den Durst. Endlich erblickte Hank, wonach er die ganze Zeit schon Ausschau gehalten hatte.

»Hey Boh«, weckte er den Jungen, der sich daraufhin müde im Sattel aufrichtete. Hank stieg ab und ging zu dem unscheinbaren, trockenen Zweig, der aus der verkrusteten Erde ragte. Er begab sich in die Hocke und grub ein Loch um den Zweig herum, während der Junge schwankend die Zügel der Tiere hielt. Bald hatte Hank eine unterarmbreite Knolle ausgegraben, hob sie aus dem Loch und schabte Späne ab. Als genug Späne vorhanden waren, nahm er sie in die Hand, ballte die Hand zur Faust und hob sie über den Mund. Er quetschte, und nach einer kurzen Weile festen Drückens tropfte ihm Wasser direkt in die Kehle. Hank schluckte und sah zu dem Jungen. Dieser nickte verstehend, und sie verbrachten eine ganze Stunde mit Schaben und trinken.

»Wenn wir gut vorankommen, erreichen wir in wenigen Tagen einen Fluss, aber bis dahin werden wir mit dieser Methode nicht verdursten«, erklärte Hank, als er sich wieder auf den Sattel schwang.

Die Sonne war bereits tief in den Westen gewandert, und ein scharfer Wind blies ihnen Sand in die Augen. Sie hatten zwei weitere Knollen gefunden, und Hank war guter Dinge, dass sie durchkommen würden.

»Was war das für ein Spinnenvieh, das uns in der Höhle angegriffen hat?«, wollte der Junge wissen.

Hank spuckte mit Sand versetzten Speichel aus. »Zwei Möglichkeiten«, sagte er. »Entweder es handelte sich um eine Mutation oder um ein Naga-nai. Auf jeden Fall kann man davon ausgehen, dass es aus dem Seuchengebiet kam und sich in der Höhle eingenistet hat.«

»Was ist ein Naga-nai?«, fragte der Junge.

Hank hielt sich schützend den Unterarm vors Gesicht, da ihnen eine starke Böe entgegenschlug. Als sie abebbte, fragte er: »Du kennst doch bestimmt die Geschichten über die Shedai-nai?«

»Das Volk, das aus einer anderen Welt kam und den großen Krieg begonnen hat«, meinte Bohdan.

»Es war kein Krieg«, korrigierte Hank, »es war eine Säuberung.« Er wollte nicht darüber sprechen, wollte sich nicht erinnern, aber der Junge hatte sich wacker geschlagen und er hatte ihm das Leben gerettet. »Niemand weiß, woher sie kamen. Sie waren plötzlich da. Über Nacht zerstörten sie die ohnehin von den Naturkatastrophen angeschlagene Technik und

Kommunikation, und dann, ohne geringste Vorwarnung, begann das Abschlachten.«

Hank überlegte kurz, ehe er fortfuhr: »Die Shedainai waren nicht allein gekommen, sie brachten Bestien mit sich. Vernunftlose Kreaturen, grässliche Metzler.«

»Die Naga-nai«, verstand Bohdan.

»Ja«, bestätigte Hank. »Sie sind so etwas wie Kriegshunde. Nach den Säuberungswellen löste sich die Armee der Shedai-nai auf. Weit im Westen bildeten sie Königreiche. Die Ödlande interessieren sie nicht. Hier gibt es nichts von Wert, das ist unser Glück. Aber die Naga, ihre Kriegshunde, streunen seitdem frei umher, auch wenn die meisten von ihnen in die Wildnis gedrängt wurden. – Hier«, unterbrach Hank sich selbst und deutete auf eine natürliche Kuhle im trockenen Boden, »hier rasten wir.«

Diesmal wechselten sie sich bei der Wache ab. Es war eine gute Entscheidung gewesen, ihr kärgliches Lager so früh aufzuschlagen. Der Wind nahm an Heftigkeit zu, und der Sand fegte in hoher Geschwindigkeit über sie hinweg. Hank sorgte sich um die Pferde. Sie hatten nicht gefressen, kaum getrunken, und Wind und Sand trafen sie ungeschützt. Hank betrachtete den Jungen, der zusammengekauert, in eine der Satteldecken eingehüllt, neben ihm schlief. Sein schmächtiger Körper war die Strapazen nicht gewöhnt. Er brauchte bald Nahrung, sonst würde er krank werden. Noch etwa einen Tagesritt, dann müssten sie den Braunstrom erreichen. An seinem Ufer gab es Vegetation, und wo Pflanzen waren, gab es auch Tiere, die man jagen konnte.

Eine starke Böe peitschte über die Kuhle hinweg, und eines der Pferde wollte davonlaufen. Hank zerrte an den Zügeln, die er sich am Handgelenk festgeknotet hatte, und das Tier gab seine Bemühungen auf. Er sah hinauf in den Sternenhimmel und dachte an die warmen Betten und die noch wärmeren Umarmungen der Frauen im Venus Inn. Ob der Junge schon einmal eine Frau gehabt hatte? Er bezweifelte es.

***

Bohdan erwachte von einem wiehernden Geräusch. Es war noch dunkel, der Wanderer lag nicht neben ihm. Er richtete sich auf und wischte sich den Sand aus dem Gesicht. Es war windstill, ein Glück! Dieses ständige Sausen in den Ohren hatte ihn wahnsinnig gemacht. Er hob den Kopf aus der Kuhle und sah den Wanderer, das tropfende Messer in seiner Hand wurde vom Mond beschienen. Eines der Pferde brach vor ihm zusammen. Es schnaubte noch einmal, dann blieb es reglos liegen. Jetzt bemerkte Bohdan auch den kleinen Haufen Zweige. Er wollte aus der Kuhle kriechen, als der Wanderer brummte: »Bleib liegen, ruh dich noch ein wenig aus.«

»Das Pferd – *mein* Pferd!«, protestierte Bohdan schwach.

»Es war am Ende«, kam es mürrisch zurück. »So erweist es uns einen letzten Dienst.«

Bohdan ließ sich zurückfallen, auf die Stelle, die sein Körper aufgewärmt hatte. Die Augen fielen ihm wieder zu. Er träumte von einem Festmahl, in den Bergen im Norden, in dem geheimen Dorf, das seine Heimat gewesen war. Sein Vater war da und die anderen Kinder. Und eine Frau, die herzlich lächelte und ein großes Tablett voller Köstlichkeiten vor sich hertrug. Er streckte die Hand aus, um sich etwas zu nehmen – doch sein Griff ging ins Leere. Sand knirschte in seinem trockenen Mund. Er schlug die Augen auf. Ein kleines Feuer knisterte ganz in seiner Nähe, Fett tropfte in die zuckenden Flammen.

»Frühstück, Kleiner«, sagte der Wanderer und hielt ihm ein Stück gebratenes Fleisch hin. Bohdan nahm es – diesmal verschwand es nicht – und er aß heißhungrig. Der Wanderer grinste. Sie aßen und tranken von den Knollenspänen, bis die Sonne aufging, dann verwischte der Wanderer ihre Spuren, während Bohdan geduldig dem verbliebenen Pferd zu trinken gab.

Von dem toten Tier nahmen sie lediglich eine leicht angebratene Keule mit. Es sei zwar eine Schande, den ganzen Rest den Aasfressern zu überlassen, erklärte der Wanderer, aber sie hätten nichts, um das Fleisch haltbar zu machen. *Welche Aasfresser?*, fragte sich

Bohdan im Stillen. Hier lebte doch gar nichts, außer ihnen, aber er behielt diesen Zweifel für sich. Gegen seinen leisen Protest bestand der Wanderer darauf, dass er sich auf den Rücken des Tieres hockte. Und so ging es weiter. Der Wanderer führte das Tier am Zügel, während Bohdan auf der Satteldecke hockte und sich den wunden Hintern noch wunder scheuerte.

Bohdan fragte sich, ob diese Wüste jemals ein Ende nahm. Gab es irgendwo auf der Welt noch etwas anderes als Sand, Sonne, Hitze und noch mehr Sand? Als sie nachmittags an einem abgestorbenen Baum, der einsam in der trostlosen Landschaft stand, eine Pause einlegten, aßen und tranken, wies der Wanderer mit einem Nicken nach Osten. »Siehst du das? Den dunklen Fleck, mit der Staubwolke dahinter?«

Bohdan kniff die Augen zusammen. Jetzt erkannte er tatsächlich etwas. »Du meinst dort?« Er streckte den Arm aus, um mit dem Finger auf die Stelle zu zeigen. Der Wanderer riss ihm grob den Arm herunter. »Ja«, knurrte er verdrießlich, »genau da. Mach ihn nicht auf uns aufmerksam.«

»Ihn?«, fragte Bohdan irritiert.

»Den schwarzen Reiter«, erklärte der Wanderer.

»Es gibt ihn wirklich?« Bohdan war außer sich. »Echt?«

Der Wanderer lächelte hintergründig und nickte.

»Wow«, sagte Bohdan. »Ich dachte, das seien Legenden. Und der Nachtschatten?«

Der Wanderer nickte erneut.

»Und der Letzte Richter?«

Wieder nickte der Wanderer

»Ich glaub's nicht!«, freute sich Bohdan entzückt. »Falkenklaue?«

Der Wanderer schüttelte den Kopf. »Falkenklaue ist eine Erfindung. Ein Märchen, das man kleinen Kindern abends am Feuer erzählt.«

»Verstehe«, sagte Bohdan, nur leicht enttäuscht. All die anderen waren keine Legenden! Der schwarze Reiter, der Nachtschatten, der Letzte Richter, es gab sie wirklich! Sie durchstreiften die Ödlande, genau wie er und der Wanderer. Bohdans Brust schwoll an. »Ha«, sagte er, »meinst du, wir treffen einen von ihnen? Vielleicht in Stone Town?«

»Ich will es nicht hoffen«, entgegnete der Wanderer kühl. »Sie sind anders als in den Geschichten, die du über sie gehört hast.«

Bohdan war nicht überzeugt. Wenn es möglich war, wollte er diesen Helden auf jeden Fall einmal begegnen. Aber das behielt er für sich. Weshalb war der Wanderer nur immer so mürrisch?

Sie gingen weiter, und Bohdan sah über die Schulter nach Osten, noch lange, nachdem die weit entfernte Staubwolke längst verschwunden war.

Er hatte jedes Zeitgefühl verloren. Auf jeden Fall hatten sie noch einmal geschlafen, ehe sie wieder für viele lange Stunden durch die Wüste getrottet waren. Zuerst hatte Bohdan den grünen Streifen am Horizont für Einbildung gehalten, aber er war geblieben, war größer geworden, und mit etwas Fantasie konnte man nun Baumkronen ausmachen. Lebende Bäume, mit grünen Blättern.

»Wir haben es geschafft«, sagte Bohdan, wobei es ihm nicht gelang, seine Stimme begeistert klingen zu lassen.

»Brich lieber nicht zu früh in Feierlaune aus«, wies ihn Hank zurecht. »Es liegt noch ein gutes Stück Weg vor uns, und Flussläufe sind immer gefährlich.«

»Weshalb?«, fragte Bohdan träge.

Die Frage war dämlich, das merkte Bohdan selbst, als der Wanderer ihm keine Antwort gab und er seinen eigenen Kopf bemühte.

Sie liefen noch über zwei Stunden, aber endlich erreichten sie den Grünstreifen. Mehr war es aus der Nähe betrachtet nicht. Eine langgezogene Reihe von Bäumen, dahinter Büsche und Schilf, welches das Ufer säumte. Der Fluss selbst war keine fünf Meter breit, und sein Wasser war brackig braun. Sie ließen das Pferd grasen, während sie an einer kleinen Bucht tranken. Diesmal widerstand Bohdan dem Drang, das herrliche Wasser so schnell wie möglich zu sich zu nehmen. Er schöpfte langsam, im selben Takt wie der

Wanderer. Als ihr Durst gestillt war und sie den Rest des Pferdefleischs gegessen hatten, folgten sie dem Fluss stromabwärts nach Westen. Kleine, rotköpfige Affen begleiteten sie bald. Die Horde bestand etwa aus einem Dutzend. Manchmal entfernte sich ihr Kreischen, aber sie kamen immer wieder zurück, um gewagte Kunststücke direkt über ihren Köpfen aufzuführen. Hank warnte Bohdan, er solle sie nicht zu nah an sich heranlassen, da sie oft Krankheiten übertrügen. Der Fluss wurde breiter und so seicht, dass man ihn mühelos hätte überqueren können, aber Hank wollte am nördlichen Ufer bleiben, und als es dämmerte, machten sie es sich unter den ausladenden Ästen eines Baumes gemütlich.

»Ich werde dich nicht zurückbegleiten«, sprach Bohdan aus, worüber er sich die letzten Stunden Gedanken gemacht hatte.

»Zurück?«, fragte Hank.

Bohdan richtete sich auf. »Na, nachdem du das Antidot geborgen hast. Ich will nicht zurück zu den Free People. Ich will die Welt kennenlernen. Ich will sein wie du.«

Ihre Blicke trafen sich, dann drehte der Wanderer sich auf die Seite und murmelte: »Nein, das willst du bestimmt nicht.«

***

Die Sonne war noch nicht lange aufgegangen, der Fluss lag im Schatten der Bäume. Bohdan stand reglos neben Hank im seichten, lauwarmen Wasser. In der Hand hielt er gleich dem Wanderer einen Speer, und seine Augen suchten nach Beute. Er hatte noch nie zuvor auf diese Weise gefischt. Der Wanderer hatte ihm einige Tricks verraten, vor allem, wie er zustechen und dass man die Brechung des Lichts beim Zielen miteinberechnen musste. Einen weiteren Rat befolgte er jetzt gerade, als er einen kleinen Fisch an seinem rechten Fuß vorbeischwimmen ließ. »Halte dich an die größeren«, hatte er ihn noch am Ufer angewiesen, »sie geben nicht nur mehr Nahrung, sie sind auch leichter zu erwischen.«

Geduldig wartete Bohdan. Sein Arm wurde lahm, aber das hatte er sofort vergessen, als ein langer Fisch mit grün schimmernden Schuppen in Sicht kam. Unter Wasser wirkte alles größer, dennoch war das Tier sicher so lang wie der Unterarm des Wanderers. Bohdan leckte sich die Lippen, in seiner Nase kribbelte es. Ganz ruhig, ermahnte er sich, jetzt bloß nicht bewegen. Der prachtvolle Fisch schien den Boden abzusuchen. Von seinem Kiefer hingen dicke Fäden herab, die an die Schnurrbarthaare einer alten Katze erinnerten. Jetzt! Bohdan stach zu. Das Wasser kräuselte sich. Einen Augenblick lang war er nicht sicher, ob er getroffen hatte, aber dann sah er, dass er das Tier am Hinterleib erwischt hatte. Die Spitze hatte ihn durchbohrt und steckte im Schlick. Der Fisch zappelte. Vorsichtig zog Bohdan mit beiden Händen an dem Speer und hob ihn an, bis seine Beute aufgespießt in der Luft zappelte. Triumphierend blickte er zu dem Wanderer hinüber, dessen Speer im selben Moment niedersauste.

Am Ufer führte Hank vor, wie man einen Fisch ausnahm. Als er mit seinem fertig war, reichte er das Messer Bohdan, und eine halbe Stunde später brieten sie die an ihren Speeren befestigten Filets über einem kleinen Feuer. Für Bohdan war es die beste Mahlzeit, seit sie aufgebrochen waren. Danach fühlte er sich gestärkt, und er bestand darauf zu gehen, anstatt sich auf dem Pferderücken führen zu lassen. Sie folgten dem Verlauf des Flusses, der nun schmaler wurde. Die frechen Affen begleiteten sie noch ein Stück, dann fielen sie zurück, bis ihr Kreischen schließlich nur noch leise aus der Ferne hinter ihnen zu hören war.

»Weshalb willst du nicht zurück zu deinem Stamm und deiner Familie?«, fragte Hank, als der Trampelpfad so breit wurde, dass sie nebeneinander gehen konnten.

»Sagte ich doch schon«, erwiderte Bohdan ausweichend, »ich möchte die Welt kennenlernen.«

»Erzähl mir keinen Unsinn, Junge«, sagte Hank schnaubend. Ein paar Schritte gingen sie schweigend, dann fügte er hinzu: »Ich weiß, dass mehr in dir steckt, als man auf den ersten Blick vermuten könnte. Ich schätze mal, du warst einsam unter deinen Leuten und nicht besonders beliebt. Hatten sie Angst vor dir, vor deinen Fähigkeiten?«

Bohdan zögerte, aber schließlich nickte er.

»Du bist ein Mushanti«, sagte Hank.

»Ein was?«, fragte Bohdan.

Hank sah ihn nicht an. Sein Blick war nach vorne gerichtet, als er erklärte: »Ein Mushanti ist ein Mensch, den die große Katastrophe oder ihre Nachwirkungen verändert haben. Ein Mushanti kann Dinge, die eigentlich unmöglich sind. Oft beginnt es mit einer übermenschlichen Wahrnehmung.«

Bohdan hörte voller Spannung zu.

»Viele Stämme fürchten diese Gabe«, fuhr Hank fort, »andere verehren diejenigen, die sie entwickeln oder mit ihr geboren werden. Der oberste Medizinmann der Urkwarda ist auch ein Mushanti, aber ich bin schon wesentlich mächtigeren begegnet.«

»Wo?«, konnte sich Bohdan nicht verkneifen zu fragen.

Hank lächelte. »In Prak City zum Beispiel. Die meisten von ihnen ziehen allerdings ein Leben als Eremiten vor. – Oder sie übernehmen die Kontrolle über einen kleinen, abgeschiedenen Stamm. Ich habe gehört, dass es im Süden größere Vereinigungen gibt und dass dort nach verschiedenen Traditionen aufgeteilt wird.«

»Traditionen? Was bedeutet das?«, hakte Bohdan nach.

»So genau weiß ich das auch nicht«, gestand Hank. »Schamanistisch, katha-irgendwas. Verschiedene Wege mit der ... der *Kraft* umzugehen.«

Der Pfad wurde schmal und überwuchert, und Bohdan musste hinter Hank gehen. Als der Pfad wieder breiter wurde, eilte Bohdan zurück an Hanks Seite. Ihm war ein Gedanke gekommen.

»Ist es möglich, dass die Shedai-nai diese Kraft mitgebracht haben?«

»Möglich«, gestand Hank ihm zu und grinste. Er wollte gerade noch etwas hinzufügen, da stieg ihm ein vertrauter Geruch in die Nase. Der Geruch von Verwesung. Er hob die Linke, mit der Rechten zog er den Revolver.

»Du bleibst hier«, zischte er Bohdan zu, der erschrocken die Zügel des Pferdes übernahm.

Hank schlich alleine voraus, darauf achtend, nicht auf Äste oder Laub zu treten. Der Geruch des Todes wurde stärker. Er spannte den Hahn des Revolvers und ging noch behutsamer weiter. Hinter einem breiten Stamm hielt er inne. Lediglich zwei Patronen befanden sich noch in der Trommel. Er atmete durch, dann wagte er einen Blick. Gute zweihundert Meter von ihm entfernt verzweigte sich der Fluss. Der rechte Arm schlängelte sich ins Gebiet der Urkwarda, während der linke in südwestlicher Richtung nach

Stone Town führte. Direkt dort, wo sich der Fluss teilte, lag eine Lichtung, und auf der Lichtung waren Leichen zu erkennen.

Hank ging in die Knie. Er spitzte die Ohren. Außer einem entfernten Vogelzwitschern herrschte Stille. Man konnte in den Ödlanden niemals vorsichtig genug sein. Er verharrte regungslos, lauschte, beobachtete. Ihm war ungefähr klar, was vorgefallen war. Am linken Flussarm waren Überreste eines Staudamms auszumachen. Einige Balken hatten sich verkeilt und wurden von der Strömung zwischen Steinbrocken festgehalten, der Großteil des Damms war jedoch zerstört worden. Jemand hatte offenbar versucht, Stone Town zu erpressen. Den Flecktarnwesten und -hosen der Leichen nach zu urteilen, war dieser Jemand die Sozialistische Liga gewesen. Eine Fraktion, die sich paramilitärisch gab und den Blutsee kontrollierte, das größte Gewässer in den östlichen Ödlanden. Offensichtlich hatten sie die Schlagkraft oder die Entschiedenheit Stone Towns unterschätzt, wenn sie davon ausgegangen waren, mit einer so kleinen Truppe Benzin und vielleicht auch Antidot durch eine Erpressung mit dem Staudamm herauszuschlagen.

Hank lächelte finster. Vor einem halben Jahr wären sie vielleicht damit durchgekommen, der alte Sheriff war stets auf friedliche Lösungen bedacht gewesen. Die neue Herrin von Stone Town hingegen setzte auf

Härte. Die Sozialistische Liga konnte von Glück reden, wenn sich nicht just im Moment eine Killerschwadron auf dem Weg Richtung Blutsee befand, um die Botschaft noch zu unterstreichen. Er vernahm eine Bewegung hinter sich, er wirbelte herum, den Revolver in der ausgestreckten Hand. Aber es war nur der Junge. Hank senkte den Revolver und gab Bohdan mit einem Nicken zu verstehen, dass er neben ihm in die Hocke gehen sollte. Flüsternd fasste Hank seine Schlüsse knapp zusammen.

Bohdan rieb sich den Nasenrücken, dann sagte er ganz leise: »Der da lebt noch.«

Er deutete auf einen Mann, dem man die Kleider vom Leib gerissen und an einen Baum gefesselt hatte. Neben ihm, an einem anderen Baum, hing, das Kinn auf der Brust, ein weiterer Mann, dem man selbst aus der Entfernung ansah, dass er übel gefoltert worden war. Hank und Bohdan warteten eine weitere halbe Stunde, nur um ganz sicherzugehen, dann schickte Hank Bohdan los, das Pferd zu holen. Als er zurückkam, gingen sie gemeinsam der Lichtung entgegen.

Hank hätte dem Jungen am liebsten die Augen zugehalten. Aber was hätte das schon gebracht? Wenn er wirklich die Welt kennenlernen wollte, wie er behauptete, würde er dergleichen Szenarien noch öfters zu sehen bekommen. Eindeutig war das Dutzend überrascht worden. Die Hälfte war schnell durch präzise Schüsse gestorben. Die übrigen hatten nicht so viel Glück gehabt, aber keiner sah so schlimm zugerichtet aus wie der an dem Baum. Die Eingeweide waren ihm aus dem Unterleib gequollen, ein blutiger Haufen Gedärme lag zu seinen nackten Füßen. Allen waren die Stiefel abgenommen worden.

»Was für eine Schweinerei«, sagte Hank angeekelt, als er neben das Folteropfer trat, um das ein ganzer Schwarm von Fliegen schwirrte.

Ein heiseres Lachen ließ ihn zusammenfahren und nach dem Revolver greifen.

»Das kannste laut sagen«, brummte der Mann an dem Baum daneben mit heiserer Stimme. »Ich war dabei, war kein schöner Anblick.«

Bohdan hatte ihn zwar vorgewarnt, dass der Mann noch am Leben war, aber so wie dessen Brust zugerichtet war, hätte er nicht damit gerechnet, dass er bei Besinnung sein könnte. Mehr als eine Person musste mit Stöcken oder Knüppeln unermüdlich auf ihn eingedroschen haben, so grün und blau und blutig wie sein gesamter Oberkörper war. Zäher Bastard, dachte Hank und entspannte sich. Der Mann war gefesselt und stellte keine Gefahr dar.

»Du weißt ja sicher, wie es läuft«, meinte Hank sachlich. »Was kannst du anbieten?«

Der Mann sah ihn durch ein geschwollenes Auge schief an. »Was ich dir anbiete … Ich biete dir von all meinen unschätzbaren Reichtümern … einen Eimer Pisse an!« »Aber nur«, schränkte er ein, »wenn du es schaffst, dir deinen Schwanz in den Arsch zu stecken und dich selber zu ficken.« Der Mann versuchte auszuspucken, aber es gelang ihm nicht, und das Ergebnis seiner Bemühung bestand lediglich darin, dass ihm ein Faden Speichel das kantige Kinn herunterrann.

Bohdan kam hinzu. Er starrte den Fremden in einer Mischung aus Abscheu und Faszination an.

»So spricht man doch nicht in Anwesenheit eines Knaben«, maßregelte Hank belustigt. Der Mann wollte einen weiteren Schwall Beleidigungen loswerden, doch Hank kam ihm zuvor: »Wir haben kapiert, dass du echt dicke Eier hast – solange die Affen nicht auf die Idee kommen, sie dir abzuknabbern. Aber Regel ist Regel. Wenn du uns nichts zu bieten hast, lassen wir dich hier verrotten.«

»Das tut ihr doch sowieso«, knurrte der Mann bitter. »Verpisst euch und lasst mich als aufrechten Mann sterben.«

»Wie du willst«, meinte Hank gleichgültig und wandte sich ab.

Bohdan rührte sich nicht vom Fleck. »Wie heißt du?«, fragte er.

»Mein Name ist Angus McGregor«, sagte der Mann stolz.

»Ich bin Boh«, stellte sich Bohdan vor.

»Hör auf mit dem Kerl zu quatschen!«, rief Hank, der das Pferd bereits wieder am Zügel nahm. »Lass uns gehen!«

»Lauf schon zu deinem Tata, Kleiner«, murrte der Mann namens Angus.

»Er ist nicht mein Vater«, erklärte Bohdan ruhig.

»Dann seid ihr also ein Liebespaar«, grunzte Angus. Er wollte lachen, aber heraus kam nur ein heiseres Krächzen.

»Willst du sterben?«, fragte Bohdan. Er wusste nicht, wie er es tat, aber er legte etwas von jener Kraft tief in seinem Inneren in seine Stimme – und bezahlte sogleich mit Kopfschmerz und Übelkeit dafür.

Angus zwinkerte. Sein Blick schweifte in die Ferne. »Nein«, sagte er schließlich.

»Dann hilf uns, damit wir dir helfen können«, flüsterte Bohdan.

»Na schön«, knickte der Mann ein. »Die Sozialistische Liga hat ein Bündnis mit der Brigada Novy geschlossen. Dieser Stoßtrupp hatte die Aufgabe, die Kampfkraft von Stone Town zu testen und zu einem Gegenschlag zu reizen. Am Blutsee sammelt sich eine kleine Armee. Ich selbst wurde in Prak City angeheuert …« Hier brach Angus ab. Er schien sich darüber zu wundern, dass er so viel verraten hatte. Über die Schläge hatte er nur gelacht, aber dieser seltsame Junge hatte ihm das Ziel ihrer Mission mit einer einzigen Frage entlockt.

Hank hatte sich wieder genähert und alles mitbekommen. »Regel ist Regel«, wandte sich Bohdan zu ihm um, »schneide ihn los.«

Hank zögerte, ehe er seufzte: »Meinetwegen.« Er zückte das Messer und befreite den Mann. Als die Fesseln durchtrennt waren, brach Angus zusammen. Er rieb sich die wund gescheuerten Handgelenke und sah zu Bohdan auf. Verwunderung und Dank lag in seinem Blick.

»Los jetzt«, drängte Hank. Bohdan nickte und folgte dem Wanderer. Sie wateten an der Stelle durch das Wasser, wo der Staudamm errichtet worden war, der zu dem Blutvergießen hinter ihnen geführt hatte. Bohdan schaute nicht zurück. Dieser Angus würde durchkommen oder nicht, das lag nun nicht mehr in seiner Gewalt.

Als sie sicher außer Hörweite waren, sagte Bohdan: »Diese Information über das Bündnis können wir doch sicher zu Geld machen, nicht wahr?«

Hank lachte auf. »Allmählich beginnst du wie ein Ödländer zu denken. Aber nur fast. Wir hatten die Info, dafür hätten wir den Söldner nicht am Leben lassen müssen.«

Bohdan schauderte. Er wusste nicht, was er darauf entgegnen sollte. Hank war kein guter Mann. Diese Erkenntnis schmerzte ihn noch mehr als das Pochen hinter seiner Stirn. Er war sein einziger Vertrauter hier draußen, in dieser harten Welt, die er gerade erst kennenlernte.

Der Flussarm, dem sie nach Süden folgten, war so schmal und seicht, dass er eher ein Bach zu nennen war. Bäume standen hier keine mehr, nur Büsche und Sträucher.

»Wir haben es beinahe geschafft«, sagte Hank, »nur noch eine Nacht im Freien, die nächste verbringen wir in einem gemütlichen, warmen Bett.« *Und ich für meinen Teil*, fügte Hank im Stillen für sich hinzu, *nicht allein und auch nicht schlafend.*

Es war, als ob die Wildnis ihnen noch einmal beweisen wollte, wie unwirtlich sie sein konnte. Sie hatten abends nur einen kleinen Fisch erlegt, der schon für einen allein nicht ausgereicht hätte. Schlimmer noch als die knurrenden Mägen waren allerdings die Horden von Stechmücken, die über sie herfielen, sodass es schwer war, ein Auge zuzutun. Hank sagte, dass die Stechmücken auch in Stone Town ein Ärgernis darstellten. Die vielen Tümpel und seichten Stellen des Baches böten ideale Bedingungen für eine stets wachsende Population. »An das Quaken der Frösche gewöhnt man sich«, murrte er, »aber diese kleinen, miesen Drecksbiester können einen in den Wahnsinn treiben.«

Mit diesen Worten drehte er sich auf die Seite. Davor, war Bohdan aufgefallen, hatte er allerdings noch etwas anderes getan. Er hatte unter das Hemd gegriffen und einen flachen Gegenstand zurechtgerückt, damit er nicht auf ihm zu liegen kam. Diese Geste hatte Bohdan schon öfters beobachtet, aber zum ersten Mal fragte er sich, was der Wanderer vor ihm verbarg. Es musste sich um einen geheimen Schatz oder dergleichen handeln.

Bohdan gähnte und die Augen fielen ihm zu. Er hörte, wie sich eine Stechmücke seinem Gesicht näherte. Sollte sie sich einen Tropfen seines Blutes holen, es hatte ohnehin keinen Zweck, sich dagegen zu wehren, irgendwann musste er schlafen.

Die ersten Sonnenstrahlen weckten ihn. Sein linkes Auge wollte sich nicht weiter als einen Schlitz breit öffnen. »Diese verdammten Biester«, murmelte er, während er die geschwollene Braue betastete. Auch sein Hals war völlig verstochen.

Der Wanderer war bereits aufgestanden. Er hielt Bohdan eine Handvoll blauer Beeren unter die Nase. »Iss«, sagte er knapp, »und kratz nicht an den Stichen, sonst entzünden sie sich.«

Bohdan bemühte sich, den Juckreiz zu ignorieren, und aß die sauren Beeren, dann stand er auf, nahm das Pferd am Zügel, und sie machten sich auf den Weg.

Je weiter sie nach Südosten gingen, umso eintöniger wurde die Landschaft wieder. Das Grün um den Bachlauf wurde zusehends schmaler und farbloser, zu allen Seiten erstreckte sich die trostlose Weite der Steppe. Zur Mittagszeit hielt der Wanderer an einem natürlichen Teich, dessen Oberfläche von Wasserpest überzogen war.

»Machen wir uns ein wenig frisch«, sagte er. »Die Herrin von Stone Town hat eine empfindliche Nase.«

Sie streiften ihre staubigen Kleider ab, dann stieg Hank nackt in den Teich, wobei er die Wasserpest mit den Armen beiseite schob. Bohdan folgte nach. Obwohl sie keine Seife hatten, um sich gründlich zu waschen, tat das Bad gut. Und das gute Gefühl hielt auch an, nachdem sie ihre zerschlissenen Kleider wieder angezogen hatten. Sie trotteten einen kleine Erhebung hinauf, und dann sahen sie es: Stone Town. Eine Ansammlung von vielleicht hundert Häusern. Eine Handvoll massiv aus Stein gebauter Gebäude in der Mitte machte dem Namen des Dorfes Ehre. Es waren die ersten soliden Häuser, die Bohdan in seinem Leben sah. Der Mund stand ihm offen vor Staunen. Um die Siedlung herum zog sich eine etwa hüfthohe Mauer, die von einem einzigen Tor unterbrochen wurde. Zu beiden Seiten der Torflügel befanden sich hölzerne Wachtürme; ein Blitzen auf dem linken verriet, dass er bemannt war.

»Wir werden erwartet«, brummte Hank trocken, »ihre Späher haben uns schon heute Mittag bemerkt.«

Bohdan klappte den Mund zu und fragte sich schamvoll, ob diese Späher ihn nackt am Teich gesehen hätten, verwarf diesen Gedanken jedoch sogleich als kindisch. Auf den Straßen der kleinen Stadt waren keine Bewegungen auszumachen. Sie wirkten wie ausgestorben. Vielleicht lag es an der Bedrohung durch die anderen Stämme, mutmaßte Bohdan.

»Dann wollen wir mal«, sagte Hank, rümpfte die Nase und führte das Pferd den Hang hinab.

4. Kapitel

Ein Flügel des mit Metallplatten verstärkten Tores öffnete sich ihnen, ehe sie es erreicht hatten. Der Mann, der es aufgezogen hatte, war klein gewachsen, trug einen Hut und einen Schnurrbart, und auf seinem Rücken hing ein Gewehr. »Hey Wanderer«, sprach er Hank an, »was sprechen die Ödlande?«

»Hey Stepan«, grüßte Hank emotionslos zurück. »Sie schweigen, wie immer.«

Außer man hat das nötige Kleingeld, dachte Bohdan. Informationen gab es nicht umsonst, das hatte er mittlerweile begriffen. Der Mann, Stepan, gab sich cool, aber ihm war eine gewisse Ehrfurcht anzumerken.

»Und wer bist du?«, wollte Stepan von Bohdan wissen.

Bohdan öffnete den Mund, doch Hank antwortete für ihn: »Das ist Boh. Er gehört zu mir.«

»Ihr könnt im Saloon was essen und trinken, aber macht nicht zu lange. Die Baronesse will euch sprechen.«

»Natürlich«, entgegnete Hank.

Stepan gab den Weg frei, und Hank und Bohdan gingen die staubige Straße entlang, während hinter ihnen krachend das Tor ins Schloss fiel.

Vor einem zweistöckigen Gebäude band Hank das Pferd an einen Pfosten. Durch eine Schwingtür betraten sie einen Raum, der in Zwielicht lag. Drei Männer an einem Tisch schauten von ihrem Kartenspiel auf. Einer von ihnen – ein Kerl in karierter Weste und mit Narben im Gesicht – nickte Hank schief lächelnd zu. Hank erwiderte den Gruß knapp, dann ging er zu dem langgezogenen Tresen, hinter dem eine korpulente Frau Gläser wusch.

»Siehst verdammt beschissen aus, Hanky«, raunzte sie, aber ihre Augen sagten etwas anderes.

»Ganz im Gegensatz zu dir, Terez«, gab Hank gutgelaunt zurück. »Immer eine Freude, dich zu sehen.«

»Klar, weil du weißt, dass du Schnaps von mir bekommst.« Terez stemmte die Fäuste in die ausladenden Hüften und sah Bohdan aus ihren kleinen freundlichen Augen an. Ihr Blick war inspizierend, und Bohdan hielt ihm nicht stand. »Und was ist mit dir, junger Mann? Wie bist du in derart schlechte Gesellschaft geraten?«

Bohdan zuckte unsicher die Achseln.

»Terez hat ein loses Mundwerk«, erklärte Hank, »aber sie meint es gut, meistens jedenfalls.« Er wandte sich wieder an die Barfrau: »Was ist nun mit meinem Schnaps?«

Er bekam seinen Schnaps, und beiden wurde ein prall gefüllter Teller Eintopf vorgesetzt, Bohdan stellte Terez zudem ein Glas Ziegenmilch hin. Hank aß und trank im Stehen, während Bohdan es sich, so gut es ging, auf einem hohen Hocker gemütlich machte. Der Eintopf schmeckte ausgezeichnet, aber Bohdan war bewusst, dass ihm gerade jede halbwegs richtige Mahlzeit wie ein Festschmaus vorgekommen wäre. Als sie fertig gegessen hatten, brachte ihnen Terez noch einen Krug mit Wasser und zwei frisch gespülte Gläser. Hank trank in kleinen Schlucken, wobei er Nettigkeiten mit Terez austauschte. Sie schien tatsächlich eine gute Seele zu haben, auch wenn sie sich Mühe gab, ihre weiche Seite zu überspielen. »Wenn ihr Waffen bei euch tragt«, sagte sie, als der Krug beinahe leer war, »lasst sie lieber gleich bei mir. Hier sind sie gut aufgehoben.«

Hank reichte ihr den Revolver und das Messer über den Tresen. »Danke«, brummte er. »Hast du auch zwei Zimmer frei?«

»Nja, da habt ihr aber Glück«, scherzte Terez, »die Touristenströme sind diese Saison wider Erwarten ausgeblieben.« Sie lachte über ihren eigenen Witz, um nüchtern hinzuzufügen: »Ich richte sie euch her.«

»Du bist 'ne Heilige«, meinte Hank freundlich.

»Sicher, Hanky, und du ein sittsamer Gentleman, der heute auf keinen Fall das Venus Inn aufsuchen wird«, konterte Terez.

Hank tippte sich an einen imaginären Hut, deutete eine Verbeugung an und wandte sich vom Tresen ab. Bohdan folgte ihm. Seit er von Zuhause fortgelaufen war, hatte er zum ersten Mal einen vollen Magen, dennoch fühlte er sich unbehaglich. Terez war im

Grunde freundlich gewesen, das war ihm bewusst, dennoch war es ein merkwürdiges Gefühl, unter Menschen zu sein, deren Gepflogenheiten er nicht kannte. Er hoffte, sie bald besser zu verstehen – oder mit Hank wieder durch die Wildnis zu ziehen, nachdem dieser den Free People das Antidot gebracht hatte. Seltsam, dachte er, schon jetzt waren die Entbehrungen verblasst. Fast sehnte er sich nach der unendlich weiten Steppe, in der kaum gesprochen wurde, andererseits war er neugierig. Was war wohl dieses *Venus Inn* für ein Ort?

Sie gingen auf ein Gebäude zu, das sich deutlich von den anderen abhob. Es war hoch, aus massivem Stein, und Säulen schmückten eine breite Terrasse, zu der sauber gefegte Stufen hinaufführten. Bohdan fiel auf, dass sie von den Einwohnern durch geschlossene Fenster beobachtet wurden. Die Straße war leer, bis auf einen Mann, der eine Kutsche mit Säcken belud, und einen weiteren, der an einem Gefährt herumschraubte. Als sie diesen passierten, schaute er sie mit ölverschmiertem Gesicht kurz an, dann widmete er sich wieder seiner Arbeit.

Auf der Terrasse der herrschaftlichen Villa hockte ein Mann im Abendlicht und las ein Buch. Er trug feine Kleidung, wie Bohdan noch keine gesehen hatte. Ein merkwürdiges Stück grünes Tuch verschwand in seiner makellosen Wildlederweste. Bohdan hatte noch nie eine Krawatte gesehen.

Der Mann sah nicht auf, als Hank und Bohdan die Terrasse betraten, aber er sprach sie an: »Sieh an, sieh an, der Wanderer und sein kleiner Freund.«

»Neun Finger Jaro«, brummte Hank zurück. »Wir wollen zur Baronesse.«

»Selbstverständlich wollt ihr das.« Nun blickte der Lesende doch auf, und Bohdan wünschte, er hätte es nicht getan. Seine Augen waren kalt, die Augen eines Killers. Jetzt fiel Bohdan auch auf, dass dessen rechte Hand wie zufällig auf einem Pistolengriff an seiner Hüfte ruhte, während die Linke das Buch hielt.

»Und du weißt doch ganz genau, dass ich diesen Namen nicht leiden kann.« Seine Augen blinzelten nicht, sie starrten den Wanderer unverwandt und hasserfüllt an. Die Luft war zum Schneiden dick.

»Ja, das weiß ich«, bestätigte Hank trocken.

Unerwartet lachte Neun Finger Jaro auf. Ein tonloses Lachen, das mit Humor nicht das geringste zu tun hatte. »Ihr tragt doch nicht etwa Waffen bei euch?«

»Haben wir bei Terez abgegeben«, erwiderte Hank.

»Na, dann glaube ich das doch einfach mal«, meinte Neun Finger Jaro, nickte in Richtung des Eingangs und senkte den Blick wieder.

Hank ging voran und öffnete die Tür. Bohdan huschte rasch hinter ihm her. Eine von Öllampen erhellte Halle tat sich vor ihnen auf. Der Boden bestand aus steinernen, blank polierten Fliesen, die Decke war hoch, und ihnen gegenüber führte eine breite Treppe hinauf in die anderen Stockwerke. Bohdan fröstelte. Die Halle war so kalt wie der Blick des Revolverhelden vor der Tür.

»Guten Abend«, erklang eine helle Stimme.

Hank und Bohdan wandten sich gleichzeitig zu ihr um. Ein Mädchen, etwas älter als Bohdan, stand mit einem Tablett in den Händen in einer schattigen Ecke. Es trug dunkelblonde Zöpfe und kicherte. »Ich habe euch doch nicht etwa erschreckt, oder?«

»Nein, überhaupt nicht«, behauptete Bohdan, aber seine stammelnde Stimme strafte seine Worte Lügen.

»Ist gefährlich, sich so anzuschleichen, Kleines«, knurrte Hank missvergnügt.

»Das wäre es vermutlich, trüget ihr Waffen«, sagte das Mädchen völlig unbeeindruckt, »aber hier kommt niemand bewaffnet herein.« Es machte zwei Schritte auf sie zu. »Ich bin Danija, ich führe euch zu Madame Moreau.« Sie balancierte das Tablett in Richtung der Treppen. »Worauf wartet ihr? Folgt mir.«

Hank und Bohdan wechselten einen irritierten Blick, dann taten sie wie geheißen. Manche der Stufen knarzten, und Bohdan musste sich dagegen wehren, nicht auf das Hinterteil von Danija zu starren, die ihnen vorausging. Sie war schöner als die Mädchen aus seinem Dorf, und ihre Hochnäsigkeit hatte etwas Anziehendes.

Oben gingen sie einen Gang entlang, an dessen Wänden Gemälde in goldenen Rahmen hingen. Am Ende des Ganges führte eine verglaste Tür auf einen rechteckigen Balkon an der Hinterseite der Villa. Baronesse Angelique Moreau saß im Rot der Abenddämmerung auf einem Stuhl vor einem kleinen runden Tisch. Ihre Haltung, ihr ganzes Erscheinungsbild hatte etwas Herrschaftliches an sich, das Bohdan vom ersten Moment an einschüchterte.

»Baronesse«, sagte Hank mit einer Stimme, die Bohdan von ihm nicht kannte, »Sie sind eine Augenweide.«

»Und du, Wanderer«, erwiderte die Herrin von Stone Town mild, »bist ein Schmeichler.«

Der Wanderer ein Schmeichler? Bohdan traute seinen Ohren kaum.

»Nehmt Platz«, forderte die Baronesse sie auf und deutete auf die beiden freien Stühle ihr gegenüber.

Während Danija eine Schale Kekse, Tassen und eine Kanne auf dem Tisch abstellte, musterte Bohdan die Baronesse aus dem Augenwinkel. Sie war, selbst sitzend, groß für eine Frau. Sie trug einen seltsam geformten Hut, unter dem rote Locken hervorquollen. Ihr großer, schlanker Körper steckte in einem engen violetten Kleid mit hellblauen Rüschen an den Handgelenken. Sie hatte eine spitze Nase und markante Wangenknochen. Das Beeindruckendste an ihr waren jedoch die Augen: groß, grün und voller Bosheit. Vielleicht war es aber auch nur Stärke; Bohdan war sich nicht sicher.

»Hast du mir mitgebracht, worum ich dich gebeten habe?«, fragte sie ohne Umschweife.

Hank nickte. »Es war nicht gerade ein Kinderspiel. Ryan, der Landvermesser, hat es nicht geschafft.«

»Was für ein Jammer«, bemerkte die Baronesse kühl. Ihre Augen blitzten, als der Wanderer die Schatulle zum Vorschein brachte und sie auf den Tisch legte. Sanft legte sie eine langfingrige Hand darauf und öffnete sie. Ärgerlicherweise tat sie es so, dass Bohdan keinen Blick auf den Inhalt erhaschen konnte. Zufrieden klappte die Herrin von Stone Town die Schatulle wieder zu.

»Ausgezeichnet«, lobte sie, »ich wusste, dass ich mich auf dich verlassen kann.«

»Und dein Teil der Abmachung?«, fragte Hank düster.

»Ich stehe zu meinem Wort«, erwiderte die Baronesse kalt. »Nun zu dir«, fügte sie hinzu, und ihr Blick kam auf Bohdan zu ruhen. Er wäre am liebsten im Boden versunken und hätte auch gerne weggesehen, aber ihr Blick hielt den seinen gefangen. Eine sonderbare Macht ging von diesen moosgrünen Augen aus. Es war, als würde etwas, eine unbestimmte Kraft aus diesen Augen heraus und direkt in seine Seele greifen.

»Wie alt bist du?«, verlangte die Baronesse zu wissen.

Bohdan zuckte scheu mit den Schultern. »Fünfzehn Regenzeiten?« Der Schweiß brach ihm aus. »Vielleicht eine mehr, oder weniger, ich bin nicht ganz sicher.«

Die Baronesse lachte schallend auf. Schlimmer für Bohdan war, dass Danija die Erheiterung ihrer Herrin kichernd teilte. Das Lachen endete, und als wäre es nie dagewesen, sagte die Baronesse mit kühler Stimme: »Du bist entlassen.«

Bohdan verstand nicht.

»Das bedeutet, du kannst abschwirren«, erklärte Hank. Als Bohdan irritiert aufstand, fügte der Wanderer etwas sanfter hinzu: »Geh zu Terez. Sie zeigt dir, wo du schlafen kannst.«

»Du auch«, sagte die Baronesse und wedelte mit der Hand in Richtung Danija.

Als Hank und die Baronesse allein auf dem Balkon saßen und die Schritte auf der Treppe verklangen, lächelte sie ihn an. »Kinder, was?« Ihre Miene wurde steinern. »Aber jetzt zurück zum Geschäftlichen. Wie du fraglos schon mitbekommen hast, hat sich ein nicht ganz unbedenklicher Nachbarschaftsstreit entwickelt. Ich könnte einen Mann wie dich brauchen.«

Hank dachte kurz nach, er musste klug vorgehen und auf der Hut sein. Diesmal lächelte er schief, ehe er erwiderte: »Dieser *Streit* ist vielleicht ernster als du glaubst. Die Sozialistische Liga hat ein Bündnis mit der Brigada Novy geschlossen.«

Die Baronesse gab mit keiner Regung zu erkennen, ob diese Information neu für sie war. Hank hatte sie ihr gratis und ungefragt gegeben, um seine Gegenspielerin günstig zu stimmen. Denn was sie hier taten, war nichts anderes als ein Spiel.

Er fuhr fort: »Aber lass uns erst das eine Geschäft abschließen, ehe wir ein neues aushandeln.«

»Sicher«, stimmte die Baronesse mit einer wegwerfenden Handbewegung zu. Sie griff unter den Tisch und beförderte einen prall gefüllten Sack Münzen hervor, den sie vor Hank auf den Tisch stellte. »Zweihundert Quins, geprägt in Prak City. Außerdem kannst du dir eines meiner Fahrzeuge aussuchen, wie vereinbart. Dazu erhältst du Proviant für einen Monat. Das Fahrzeug wird vollgetankt, und du bekommst einen Kanister Benzin dazu. Dies alles steht schon für dich bereit.«

Sie sagte es, als redete sie über lästige Details, dann wurde ihre Miene weicher und ihre Stimme geradezu süß: »Ich weiß, dein Wüstenname und dein Wesen zwingen dich dazu, immer weiter zu ziehen, und ich würde niemals von dir verlangen, dass du Wurzeln schlägst, aber wieso bleibst du nicht für eine gewisse Zeit? Nur bis dieser – nennen wir das Kind beim Namen – *Krieg* vorüber ist. Wenn du ihn an meiner Seite gewinnst, wird dein Lohn fürstlich ausfallen.«

Hank runzelte die Stirn. »Ein Wagen, Essen und Trinken, etwas Kleingeld, den Wind in meinen Haaren. Mehr brauche ich nicht.«

Die Baronesse biss sich auf die Lippen und seufzte. »Ja, ich habe keine andere Antwort erwartet. Ich hätte da noch etwas anderes für dich. Wenn die Brigada Novy sich auf einen Ausmarsch vorbereitet, werden ihre Siedlungen nur ungenügend bewacht sein. Einer ihrer Ältesten besitzt einen Ring, den will ich haben.«

Sie beschrieb den Mann näher und auch den Ring, den Hank stehlen sollte. Er prägte sich alles genau ein, im Anschluss verhandelten sie über seine Bezahlung. Die Baronesse versprach, ihre Einflüsse spielen zu lassen, um seine Reputation in Prak City und und ein paar anderen, unbedeutenderen Orten wiederherzustellen. Wegen einer alten dummen Geschichte war dort ein Kopfgeld auf den Wanderer ausgesetzt, was seinen Radius unangenehm einengte. Sie wurden sich einig, und Hank dachte schon, er habe es hinter sich, als die Baronesse beiläufig einwarf: »Für den Jungen gebe ich dir obendrauf noch zwei Kanister, und du kannst dir aus meinem Waffenfundus ein dir zusagendes Stück plus eine Handvoll Munition aussuchen.«

Hank schluckte. »Bohdan ist ein freier Mann, er steht nicht zum Verkauf.«

»*Verkauf*, das klingt so unfein«, amüsierte sich die Baronesse. »Ich gebe dir etwas dafür, dass er bei mir bleibt. Du wolltest ihn doch nicht etwa mitnehmen?«

Darüber hatte sich Hank noch keine Gedanken gemacht. Wie sollte er Bohdan erklären, dass er das Antidot für die Free People nicht beschaffen würde? Selbst wenn er es gewollt hätte, er hatte keine Ahnung, wo er eine solche Menge hätte auftreiben können. Ihm blieb also gar keine andere Wahl, als den Jungen hierzulassen – oder war das nur der einfachste Weg, sich aus der Affäre zu ziehen? Und wenn schon! Überleben und einen guten Schnitt machen – das war alles, was zählte.

Dennoch fragte er: »Was hast du mit ihm vor?«

Die Baronesse nahm einen Keks in die Hand. Sie drehte ihn zwischen den Fingern und sagte, fast schon gelangweilt: »Ach, wie du meinst. Er ist ein Wüstenkind, zwischen den Ohren nichts als Sand. Von mir aus behalte ihn.«

Zwei Kanister extra und ein Schießeisen. Er brauchte eine Waffe. Er hätte zwar auch zu seinem Versteck gehen können, in dem sich genug Waffen befanden, aber das würde ihn einen weiteren Tag kosten, und der Drang, sich schnellstmöglich aus dem Staub zu machen, wuchs mit jeder Sekunde, die er auf dem Balkon hockte. Bluffte die Baronesse? Wusste sie vielleicht von den Fähigkeiten des Jungen? Aber woher hätte sie davon wissen können?

Hank sah ihr in die grünen Augen. »Wirst du dich gut um ihn kümmern?«

Sie zwinkerte amüsiert. »Besser, als du es je könntest.«

Hank schmeckte bittere Galle in seiner Kehle aufsteigen. Sie hatte recht. Was konnte er dem Jungen schon bieten? Hier war er sicher, so sicher, wie man in den Ödlanden eben sein konnte. Die Baronesse würde die Fehde für sich entscheiden, daran hegte Hank keinen Zweifel. Sie war klüger und rücksichtsloser als ihre Feinde. Und Bohdan war nicht auf den Kopf gefallen. Im Laufe der Zeit würde er sicher im Ansehen der Baronesse steigen und sich entweder hier etwas aufbauen oder sich in einem günstigen Augenblick nach Prak City absetzen. Ohne Frage, alles war besser, als mit ihm von Auftrag zu Auftrag durch die Ödlande zu ziehen. Dieses Leben war nichts für einen jungen, vielversprechenden Mann, der vielleicht eine Zukunft hatte.

»Abgemacht«, brummte Hank und streckte die Hand aus. Die Baronesse ergriff sie mit ihren langen Fingern und drückte sie sanft. Für einen kurzen Moment glaubte Hank Triumph in ihrem stechenden Blick zu lesen.

Bohdan war derweil bei Terez im Saloon angekommen. Sie unterhielten sich kurz, doch die korpulente Frau merkte wohl, dass ihm nicht nach Reden zumute war. Sie führte ihn auf ein Zimmer im ersten Stock, drückte ihm einen Schlüssel in die Hand und sagte: »Ruh dich erst einmal aus, junger Mann. Das muss alles ziemlich verwirrend für dich sein.«

Bohdan nickte, und Terez zog die Tür hinter sich zu.

Er setzte sich auf das weiche Bett und nahm den Raum, in dem er sich befand, eher unbewusst wahr. Ein Schrank, ein Spiegel, ein Stuhl unter dem Fenster. Mit seinen Gedanken war er bei der Baronesse, dem Wanderer und bei Danija, die ihn im Eingangsbereich der Villa herablassend abgefertigt hatte. Etwas war merkwürdig an ihr, ihre Bewegungen hatten etwas … Er konnte es nicht recht benennen. Aber war hier nicht sowieso alles seltsam und ungewohnt?

Der Wanderer! Er musste ihn überzeugen, ihn mitzunehmen, wenn er abreiste, wohin auch immer. Bloß weg von diesem Ort, an dem er sich fremd und unwohl fühlte. Vielleicht würde er eines Tages zurückkehren, wenn er ein Mann geworden war und Ruhm erworben hatte, dann würde Danija ihm nicht mehr so verächtlich begegnen.

Bohdan ließ seinen Oberkörper auf die Matratze sinken und schloss die Augen. Er wäre beinahe eingeschlafen, hätte unten nicht Klavierspiel eingesetzt, das zu ihm heraufdrang. Es war ein heiteres Lied, das zum Tanzen aufrief. Bohdan spielte mit dem Gedanken, aufzustehen und nach unten zu gehen, als es gegen seine Tür pochte. Im nächsten Moment stand der Wanderer im Zimmer.

Er grinste breit. »Du willst doch nicht etwa schlafen?«

»Ähm, wollte mich nur ein wenig ausruhen«, meinte Bohdan verlegen.

»Nja, dann hoffe ich für dich, du bist jetzt ausgeruht. Wirst deine Kräfte brauchen. Los, raus aus den Federn.« Der Wanderer strahlte eine Ungeduld aus, die Bohdan von ihm nicht kannte. Rasch erhob er sich und folgte ihm.

Im Schankraum war weniger los, als Bohdan sich ausgemalt hatte. Ein alter Mann mit dunkler Haut spielte Klavier, aber niemand tanzte. An zwei Tischen wurde Karten gespielt, während eine Handvoll Männer am Tresen stand, wo sie sich einen Schnaps nach dem anderen in die Kehlen stürzten. Der Wanderer beachtete sie nicht und ging mit großen Schritten nach draußen.

»Wohin gehen wir?«, fragte Bohdan, mühevoll mit ihm Schritt haltend.

»Warst du schon mal mit einer Frau zusammen?«, gab der Wanderer zurück.

»Nicht so richtig«, druckste Bohdan.

Der Wanderer lachte, aber es lag keine Geringschätzung darin. »Das hab ich mir gedacht. Nun ja, das ändern wir heute.«

Sie bogen in eine nur spärlich beleuchtete Gasse ein und steuerten auf ein Gebäude an deren Ende zu. Zwei offensichtlich Trunkene lungerten vor dem Eingang. In den unteren Fenstern standen Kerzen, durch die oberen fiel das Licht von Öllampen. Über der von Schnitzereien verzierten Holztür waren Buchstaben in unterschiedlichen Farben an die Fassade gemalt. »Was steht da?«, wollte Bohdan wissen.

»Da steht *Venus Inn*, übersetzt heißt das *Erfüllung deiner feuchten Träume.*« Der Wanderer lachte erneut. Allmählich missfiel Bohdan dieses Lachen. Weshalb war er plötzlich so gut gelaunt und freundlich zu ihm?

»Das ist nicht gerade ein billiger Laden«, erklärte der Wanderer, »nur was für Leute mit Knete. Zum Glück sind wir solche Leute.«

Mit diesen Worten drückte er Bohdan drei metallene Streifen in die Hand. Bohdan betrachtete sie. Drei Türme waren darauf zu sehen, der mittlere höher als die beiden zu seinen Flanken. Er wusste, dass es sich um Quins handelte. Eine Währung, mit der man Dinge kaufen konnte. Bei den Free People wurde alles getauscht, aber manchmal verirrte sich so ein Geldstück auch zu ihnen. Er erinnerte sich, wie František einmal mit einem geprahlt hatte.

»Ein Quin stellt den regulären Preis dar, aber du bezahlst mit zwei. Das nennt man Trinkgeld«, klärte Hank ihn leise auf. »Den dritten behältst du.«

»Danke«, murmelte Bohdan, weil er nicht wusste, was er sonst hätte sagen sollen.

Der Wanderer ging voran, die Betrunkenen schob er einfach beiseite und betätigte den Türklopfer in Form einer Blume. Es öffnete sich eine Luke auf Augenhöhe. Er zeigte die Metallstreifen in seiner Hand, und es war zu hören, wie ein Riegel beiseite geschoben wurde.

Im Eingangsbereich herrschte ein schummriges rotes Licht. Überall standen Sofas und Sessel. Ein Mann rauchte eine kleine Pfeife, von der ein beißender Geruch ausging, während eine junge Frau ihm die haarige Brust streichelte. Bis auf diesen einen Mann waren die Sofas und Sessel ausschließlich von Frauen in allen Altersstufen besetzt. Sie lächelten den Neuankömmlingen zu, und Bohdan wurde es plötzlich ganz heiß. Sein Magen zog sich zusammen, und er spürte deutlich seinen Herzschlag im Hals.

Eine Frau in einem dünnen, fast durchsichtigen Kleid näherte sich ihnen. An den Schläfen war ihr wallendes Haar ergraut, aber sie hatte noch immer eine erstaunlich gute Figur.

»Schön dich zu sehen, Alene«, grüßte sie der Wanderer.

»Oh«, sagte Alene, »die Freude ist ganz meinerseits. Wir haben dich vermisst, Wanderer.« Sie dehnte das letzte Wort, und Bohdan gefiel es nicht, wie sie den Wüstennamen seines Freundes aussprach.

»Nichts für ungut«, fuhr Alene mit einem falschen Lachen fort. »So wie ihr riecht, nehme ich an, ihr wollt als erstes ein Bad nehmen.«

»Sehr gern«, stimmte der Wanderer zu und Bohdan nickte höflich.

»Und danach wird dich Marla auf ihrem Zimmer erwarten«, sagte Alene zu dem Wanderer, ehe sie Bohdan in den Blick nahm. »Und für dich, lass mich überlegen …«

»Ist die kleine Brünette noch in deinen Diensten?«, warf der Wanderer ein. »Wie war gleich ihr Name?«

»Samera«, half Alene ihm aus. Sie schien kurz zu überlegen. »Ja, eine gute Wahl. Sie ist jung und doch erfahren.«

Das Bad war ein wahres Erlebnis. Das Wasser in dem Zuber, in den locker zwei weitere Personen gepasst hätten, war heiß und ölig, und es roch nach Düften, die Bohdan nicht benennen konnte. Es war ihm nur peinlich, wenn die Frauen mit nackten Brüsten kamen, um aus einem Eimer nachzugießen. Der Wanderer meinte, er solle sich locker machen, und dann erzählte er einen Schwank aus seiner Jugend. Das war doppelt ungewöhnlich; der Wanderer war normalerweise grundsätzlich wortkarg, und von seiner Jugend hatte Bohdan ihn noch nie sprechen hören. Das Unbehagen in ihm wuchs, und es verminderte sich nicht, als sie mit um die Hüfte geschlungenen Handtüchern eine Treppe hochstiegen und der Wanderer mit einem Augenzwinkern erklärte, hier würden sich ihre Wege trennen.

»Wir sehen uns in etwa zwei Stunden. Genieß es.«

»Was genau soll ich …«, setzte Bohdan an, aber der Wanderer öffnete eine Tür, hinter der er verschwand, und nun stand Bohdan allein vor einem anderen Zimmer. So ungefähr war ihm schon klar, was ihn dahinter erwartete. Warum also freute er sich nicht darauf? Warum übertraf seine Furcht die Neugier? Es war nicht so, als hätte er nie Träume in diese Richtung gehabt, aber irgendwie … irgendwie hatte er sich seine erste intime Begegnung mit einer Frau anders vorgestellt. Was ihn endlich die Klinke herunterdrücken ließ, war weniger ein verzögerter Sieg der Neugier als die Vorstellung, wie der Wanderer reagieren würde, sollte er einen Rückzieher machen.

Das Mädchen – Samera, erinnerte er sich – war zum größten Teil bereits entkleidet. Offenkundig wollte sie es ihm leicht machen. Die wenigen Worte, die sie zu ihm sprach, raunte sie feucht in sein Ohr. Sie nahm seine Männlichkeit in die Hand und begann, sie mit geübten Griffen zu massieren. Bohdan lehnte sich auf dem harten, breiten Bett, das beinahe das gesamte Zimmer einnahm, zurück. Jetzt spürte er ihre Zunge, und ein Schauder durchzuckte seinen Körper. *Warte!*, wollte er noch sagen, aber es war bereits zu spät. Das Mädchen tupfte sich mit einem Tuch den Mund ab und ließ sich neben ihm nieder.

»Das macht doch nichts«, sagte sie tröstend, »wir haben noch jede Menge Zeit.«

»Können wir einfach nebeneinander liegen?«, bat Bohdan kleinlaut.

»Natürlich«, beruhigte ihn Samera, »natürlich.«

Sie fuhr ihm durch das noch feuchte Haar, streichelte liebevoll seine Kopfhaut, und Bohdan dachte an seine Mutter, die er nie kennengelernt hatte. Was für eine Frau sie wohl gewesen war? Sein Vater hatte so gut wie nie über sie sprechen wollen, aber aus den wenigen Worten, die doch gefallen waren, hatte er sich ein vages Bild zusammengereimt. Ob er wohl den Wanderer begleitet hätte, wäre sie nicht bei seiner Geburt gestorben? Mit diesem Gedanken schlief er ein.

Als er wieder aufwachte, bezahlte er Samera dankend und verließ das Venus Inn. Nachdenklich schlenderte er durch die nächtlichen Straßen zurück zum Saloon. Im Schankraum befanden sich nur noch wenige Gäste, das Klavier schwieg. Der Wanderer stand allein am Tresen, vor ihm ein Stapel leerer Gläser und eine halbvolle Flasche. Terez wusch mit einem Lappen Tische ab. Sie begrüßte Bohdan mit einem freundlichen Lächeln, und er ging an den Tresen, um sich neben dem Wanderer auf einen der hohen Hocker zu setzen.

»Boh«, sagte der Wanderer schlicht. Er fragte nicht, wie es mit Samera gewesen war, und Bohdan war ihm dafür dankbar. Der Wanderer füllte zwei Gläser und schob ihm eines hin. Bohdan führte es langsam zum Mund und zwang sich, das Gesöff in einem Zug hinunterzuschlucken. Sein Hals brannte, und er musste einen Würgereiz unterdrücken.

»Morgen ziehe ich weiter«, brummte der Wanderer, ohne ihn dabei anzusehen.

»Schon morgen«, erschrak Bohdan, »ich dachte …« Er unterbrach sich und setzte neu an: »Du ziehst nicht los, um meinen Leuten das versprochene Antidot zu beschaffen, oder?«

»Nein«, gestand der Wanderer knapp. In seiner Stimme lag etwas Abweisendes, das Bohdan schmerzte. »Du wirst hierbleiben und dich an die Baronesse halten«, fügte der Wanderer hinzu, und es klang wie ein Befehl.

Hank erkannte die Enttäuschung in den Augen des Jungen. Er hatte in ihm einen Helden gesehen, aber zur Hölle, er war kein Held, und er hatte schon so viele enttäuscht. Das widerwärtige Gefühl in seiner Brust würde verblassen, mit jedem Kilometer, den er sich von Stone Town entfernte, würde es schwächer werden. So war es schließlich immer gewesen. Außerdem tat er dem Jungen doch einen Gefallen, der war nur zu dämlich, um es zu begreifen.

»Halte dich an die Baronesse«, wiederholte er. »Tu, was sie dir sagt, enttäusche sie nicht.«

Bohdan spürte Wut in sich aufsteigen, doch es gelang ihm, sie zu unterdrücken. Er musste egoistisch sein, schauen, dass er durchkam, wenn der Wanderer sich von ihm abwandte.

»Du meinst, ich soll ihr vertrauen?«, fragte er, und seine Worte klangen eher bitter als zornig.

»Der Baronesse vertrauen?«, meinte Hank. Er überlegte kurz. »Nein, aber sie sollte glauben, dass du es tust. Auf keinen Fall solltest du ihr von deiner … *Gabe* erzählen.« Er goss sich ein weiteres Glas ein, führte es an den Mund, hielt jedoch inne und stellte es wieder ab. »Merk dir eines«, sagte er leise, »sie lügt nie, aber sie sagt auch nie die ganze Wahrheit.«

Großartig, dachte Bohdan, *was für eine großartige letzte Lektion vom großen Wanderer!* Er war doch der Lügner! Er hatte One Shot Mike und die ganzen Free People belogen, und er ließ ihn zurück bei einer Frau, die selbst ihm Angst einjagte, ob er es zugab oder nicht.

»Hank«, sagte Bohdan, so kalt es ihm möglich war, »ich will dich nie wiedersehen.«

Hank nickte. »Halt die Ohren steif, Kleiner.«

Damit kippte er sein Glas leer, ging nach oben zu den Schlafräumen, und Bohdan blieb mit seiner Wut, seiner Enttäuschung und einer tiefen Traurigkeit allein zurück.

5. Kapitel

Bohdan erwachte vom Heulen eines Motors. Schlaftrunken taumelte er zum Fenster. Ein metallic-grüner Wagen raste in die aufgehende Sonne. Bohdan konnte den Fahrer nicht sehen, aber er wusste, dass es Hank war, der sich da, eine Staubwolke hinter sich aufwirbelnd, davonmachte. Er legte sich wieder ins Bett und drehte sich zur Wand.

Irgendwann klopfte es. Bohdan rührte sich nicht. Die Tür öffnete sich knarrend, und er spürte wie sich ein schweres Gewicht auf die Matratze niederließ.

»Ich habe dein Pferd gefüttert«, sagte Terez vorwurfsvoll. »Wenn man ein Tier hat, muss man sich auch darum kümmern.«

»Was?«, fragte Bohdan, der mit den Gedanken ganz woanders gewesen war. Er setzte sich auf und schaute der molligen Frau ins rotwangige Gesicht.

»Das Leben geht weiter«, erklärte Terez nun mit Nachsicht in der Stimme, »du kannst dich hier nicht ewig verkriechen, und du solltest die Baronesse nicht warten lassen.«

»Er hat mich an sie verkauft, nicht wahr?«, fragte Bohdan voll Bitterkeit.

Terez seufzte. »Hank hat getan, was er für das Beste hielt. Sei kein Dummkopf und mach dasselbe.« Sie stand auf. »Unten wartet Jaro und ein Frühstück auf dich.« Terez verließ das Zimmer, und Bohdan rappelte sich auf. Sie hatte ja recht, es musste weitergehen. Er war kein kleiner Junge mehr, der sich vor der Welt verstecken konnte.

Im Schankraum erwartete ihn wie angekündigt ein Teller mit Spiegeleiern, Speck und einem Maiskolben. Jetzt erst erinnerte er sich, wer Jaro war. Es war der gut gekleidete Herr, der vor der Villa der Baronesse Wache gehalten hatte. Er saß an dem Tisch, an dem nun auch Bohdan Platz nahm. Während Bohdan aß, zündete er sich eine Zigarre an und blies ihm den Rauch ins Gesicht. Jaro machte damit klar, dass sie keine Freunde werden würden, aber Bohdan bezweifelte ohnehin, dass der Mann, der eindeutig ein Killer war, überhaupt Freunde hatte.

Als Bohdan fertig gegessen hatte, stand Jaro zeitgleich mit ihm auf. Er bemerkte, dass Jaro offen eine Waffe trug, ein Schießeisen mit silbernem Griff, das jederzeit einsatzbereit an seiner Hüfte hing. Er *war* ein Revolverheld, kein Zweifel, und er genoss in Stone Town offenbar gewisse Privilegien.

Sie verließen den Saloon, und draußen band Bohdan das Pferd los. Jaro pfiff eine triste Melodie, während sie Seite an Seite über die Straße gingen. Auf der Terrasse der Villa saßen die Baronesse und Danija. Sie spielten ein Spiel, das Bohdan nicht kannte. Jaro setzte sich auf seinen Schaukelstuhl, und Bohdan blieb unsicher neben den beiden Frauen stehen.

»Nur noch einen Augenblick«, sagte die Baronesse und bewegte eine ihrer Spielfiguren ein Feld nach vorne.

»Merde!«, fluchte Danija leise.

»In der Tat«, spöttelte die Baronesse, »du hast dich ablenken lassen.«

Beide machten zwei weitere Züge, aber das Spiel war bereits entschieden, und die letzten Züge waren reine Formsache. Danija starrte auf das Spielfeld und schien zu überlegen, wann sie Fehler begangen hatte. Die Baronesse blickte zu Bohdan auf, dann sah sie zu dem Pferd, das ebenso nutzlos in der Landschaft herumstand, wie Bohdan sich fühlte.

»Ein erbärmlicher Gaul«, urteilte sie, »aber ich nehme ihn aus Großmut an. Damit hast du fürs Erste für Kost und Logis bezahlt.«

»Ich wollte es eigentlich gar nicht verkaufen, und ich habe schon einen Schlafplatz im Saloon bei …«

»Du hörst nicht zu«, fiel ihm die Baronesse ins Wort, »ich sagte, das Pferd gehört nun mir, und du wirst hier bei uns wohnen.« Ihr Tonfall ließ keinen Widerspruch zu, und Bohdan blieb nichts anderes übrig, als zu nicken.

»Fein«, zischte die Baronesse, »und jetzt wirst du zum Schneider gehen und dir als weiteres Zeichen meiner Großzügigkeit einen Aufzug besorgen, für den man sich nicht schämen muss.«

»Selbst ein Bettler strahlt mehr Würde aus«, sagte Danija schadenfroh und kicherte.

»Wenn du zurückkommst, unterhalten wir uns«, fügte die Baronesse hinzu, und Danija baute ein neues Spiel auf.

Bohdan blickte an sich hinab. Sie hatten recht, er sah tatsächlich mehr wie ein Tier aus als wie ein Mensch. Verlegen verließ er die Terrasse.

Die Schneiderei war leicht zu finden, so viele Geschäfte gab es in Stone Town nicht. Der Schneider selbst war ein alter, humpelnder Mann. Er nahm mehrmals Maß und verschwand dann in ein Hinterzimmer. Während Bohdan wartete, betrachtete er die Hüte im Schaufenster. Einer – eine schwarze Melone – gefiel ihm besonders, und er nahm ihn und setzte ihn sich auf den Kopf. Er passte wie angegossen. Der Schneider kam zurück und brummte: »Die Baronesse hat nur für zwei Hosen, zwei Hemden, Unterwäsche, ein paar Schuhe und eine Jacke bezahlt.«

»Ich habe selbst Geld«, erwiderte Bohdan und fummelte den einen Metallstreifen, den er von dem Wanderer erhalten hatte, aus der Hosentasche. »Reicht das?«, fügte er fragend hinzu.

»Ausnahmsweise«, brummte der Schneider, »weil er dir so gut steht.« Bohdan vermochte nicht zu entscheiden, ob der Mann ihn auf den Arm nahm, aber er reichte ihm den Quin und musterte sich im Spiegel. Er fand den Hut prächtig, und er hoffte, dass er auch

Danija gefallen würde. Nach etwa zwei Stunden war alles fertig, und Bohdan verließ als neuer Mann die Schneiderei. Auf dem Rückweg zur Villa, den Beutel Wechselkleidung unter dem Arm, gab es für Bohdan nicht genug Schaufenster in der Geschäftsstraße. Vor jedem blieb er stehen und bewunderte sich. Die braune Hose hatte feine graue Streifen, das weiße Hemd war makellos, und die Lederjacke wirkte robust. Nur die Stiefel waren nicht neu, aber sie passten, und das Fett, mit dem sie eingerieben waren, ließ das dunkle Leder glänzen. Sollte der Wanderer doch zur Hölle fahren! Er hatte jetzt ein neues Leben, das es zu meistern galt.

Die Szenerie auf der Terrasse war unverändert. Jaro hockte im Schaukelstuhl, die rechte Hand wie immer in Hüftnähe, die linke, an welcher der kleine Finger fehlte, auf dem Bauch. Danija saß der Baronesse gegenüber an dem kleinen, runden Tisch, auf dem das schwarz-weiß gemusterte Spielbrett lag.

»Nun sieh mal einer an!«, sagte die Baronesse erfreut, als Bohdan die Stufen zur Terrasse hinaufstieg.

Auch Danija musterte ihn. »Der Hut ist lächerlich«, sagte sie beiläufig, ehe sie die Spielfiguren einsammelte, um sie in einen Stoffbeutel fallen zu lassen.

Jaro blieb stumm.

»Fein«, sagte die Baronesse, »jetzt kann ich mich mit dir sehen lassen. Gehen wir ein paar Schritte zusammen.« Sie stand auf, und Bohdan registrierte erst jetzt richtig das Collier um ihren Hals. Es bestand aus grünen, blauen und roten Edelsteinen. Ihm fiel auch auf, dass es seiner Machart nach nicht zu dem schmucklosen silbernen Armreif passte, den sie über am Handgelenk trug. Bohdan konnte nicht sagen, woher er diese Ahnung nahm, aber er hätte schwören können, dass sich eben diese Kette in der Schatulle befunden hatte, die der Wanderer so gut gehütet hatte. Die Baronesse bemerkte seinen Blick und zwinkerte ihm zu.

Es war seltsam, neben der Baronesse zu gehen. Wegen ihrer langen Beine musste Bohdan beinahe zwei Schritte machen, wenn sie einen tat. Anders als vorhin, als er mit Jaro dieselbe Straße in die Gegenrichtung gegangen war, versteckten sich die Leute nicht. Im Gegenteil – sie kamen aus den Häusern oder winkten von den Fenstern aus. Jeder, der sie sah, grüßte freundlich. Die Baronesse schien sehr beliebt zu sein.

Die Straße endete an der hüfthohen Mauer, welche die Stadt umgab. Bisher hatte die Baronesse noch kein Wort an Bohdan gerichtet, jetzt bat sie ihn höflich, er möge ihr helfen. Er kniete sich neben die Mauer und verschränkte die Hände. Die Baronesse raffte ihr Kleid und stieg mit einem Schnürstiefel in die dargebotene Treppenstufe. Mit einem Schwung war sie über die Mauer hinweg. Es war offensichtlich, dass sie Bohdans Hilfe nicht bedurft hatte. Er zog sich selbst hoch, ließ sich fallen und landete etwas ungeschickt neben der Baronesse auf der anderen Seite.

»Du hast dich verletzt«, stellte die Baronesse fest.

Bohdan betrachtete seine Hand im Licht der späten Nachmittagssonne. Er hatte einen kleinen Riss in der Handinnenfläche. »Ach, das ist doch …«

»Zeig her«, fuhr ihm die Baronesse über den Mund.

Bohdan streckte irritiert die Hand aus, die Baronesse ergriff sie fest, und dann tat sie etwas äußerst Sonderbares. Mit einem leisen Klicken sprang ein Geheimfach an ihrem Armreif auf, sie drehte Bohdans Hand und drückte, sodass drei Tropfen seines Blutes in die kleine Kuhle fielen. Sie schloss das Geheimfach und drehte Bohdans Hand wieder zurück. Das alles war so rasch und flink geschehen, dass Bohdan sich fragte, ob er es sich nur eingebildet hatte. Jetzt strich sie mit dem Daumen über die Wunde und siehe da, der Riss schloss sich.

»Das ist Hexerei!«, staunte Bohdan atemlos.

Die Baronesse lächelte, ihre grünen Augen funkelten. »Willkommen in der Familie«, sagte sie flötend und strich sich das Kleid glatt. »Komm, lass uns weitergehen.«

Sie spazierten über einen sanft ansteigenden Trampelpfad. Bohdan drängten sich viele Fragen auf, aber er konnte sich nicht entscheiden, welche er zuerst stellen sollte – und welche er stellen durfte. So kam die Baronesse ihm zuvor.

»Es gibt drei Sorten von Menschen«, setzte sie an, den Blick auf den Weg vor ihnen gerichtet »Jene, die zurückblicken, diejenigen, die im Augenblick leben, und die, die stets vorausschauen, sich auf die Zukunft hin entwerfen. Zu welchen gehörst du?«

»Ich versuche …«, wollte Bohdan spontan antworten, doch die Baronesse fiel ihm erneut ins Wort: »Das ist keine Frage von Versuchen, man gehört einem dieser Typen an, und nichts auf der Welt ändert einen in dieser Hinsicht.«

Diesmal nahm Bohdan sich mehr Zeit zum Nachdenken, ehe er meinte: »Ich schaue in die Zukunft, ich hoffe, dass es besser wird.«

»Genau wie ich«, sagte die Baronesse und sah ihn von der Seite her an. »Dein Freund, der Wanderer, hingegen ist einer, obwohl er es sich nicht eingestehen will, der hauptsächlich in der Vergangenheit lebt. Mit diesem Typus ist es so gut wie unmöglich, etwas Solides aufzubauen. Sie jagen Schatten hinterher.«

»Er ist nicht mein Freund«, erklärte Bohdan leise.

Die Baronesse hielt an. Sie hatten den höchsten Punkt einer Anhöhe erreicht. Von hier aus hatte man einen guten Blick über das Land, das sich westlich von Stone Town erstreckte. Der Bach verlief rechts von ihnen und verästelte sich weiter unten zu unzähligen Rinnsalen. Einige schienen künstlich geschaffen, und jetzt begriff Bohdan auch, weshalb: Die rechteckig abgesteckten Parzellen waren Felder. Ihm war dieses Bild in wesentlich kleinerem Format von den Free People vertraut. Hier wurde Getreide angebaut.

»Es ist gut, dass du das eingesehen hast«, nahm die Baronesse den Faden wieder auf. »Der Wanderer hat seiner Natur gemäß grundsätzlich keine Freunde, aber du brauchst ihn auch nicht, du hast jetzt eine Familie.«

»Was bedeutet das?«, sprach Bohdan seinen Gedanken aus.

Sie tat einen tiefen Atemzug, bevor sie erwiderte: »Teil einer Familie zu sein heißt, Privilegien zu haben, aber auch Pflichten. Familie ist ein Bündnis, ein festes Band, das niemals reißt.«

Bohdan registrierte ein Glitzern in einem Busch neben einem der Felder. Er vermutete, dass sich dort ein Schütze versteckt hielt.

»Wieso ausgerechnet ich?«, fragte er.

»Bitte«, schmunzelte die Baronesse, »du weißt, weshalb. Hast du gedacht, ich bin so töricht, wie der Wanderer glaubt? Jeder, der Augen hat, die sehen, erkennt, was in dir steckt.«

»Dann bist du auch eine Mu… Mush…« Er hatte das Wort vergessen.

»Eine Mushanti, ja«, bestätigte die Baronesse. »Er hat dir also bereits ein wenig erzählt.« Sie lachte hell auf. »So viel ein Uneingeweihter eben erzählen kann.«

»Ich weiß kaum etwas«, gestand Bohdan. »Er hat unterschiedliche Traditionen erwähnt und dass viele als Einsiedler leben.«

»Vergiss dieses ganze Geschwätz«, sagte die Baronesse herablassend. »Ich werde dich von Grund auf einführen.«

»Dann wirst du mich unterrichten?«, fragte Bohdan hoffnungsvoll.

»Selbstverständlich«, lächelte die Baronesse, »selbstverständlich.«

Es war Bohdan gleich, dass er der Baronesse nicht zutraute, etwas zu tun, was ihr keinen persönlichen Vorteil einbrachte. Sie gab seinem Leben eine Perspektive, und sie hatte ihn in ihre Familie aufgenommen. Dankbarkeit breitete sich in seiner Brust aus. Er atmete tief ein und blickte hinab auf die Felder, die sich im Licht der untergehenden Sonne golden färbten.

***

Die erste Nacht in der Villa plagten Bohdan Alpträume, aber als er noch vor der Dämmerung hochschreckte, konnte er sich an nichts erinnern. Er brauchte einen Moment, um sich zu orientieren. Dort der Stuhl, über dessen Lehne seine Hose und sein Hemd hingen, da die Kommode, in deren obere Schublade er seine Wechselkleidung gestopft hatte. Er befand sich in der Villa der Baronesse, um genau zu sein im Erdgeschoss derselben, neben der Küche und dem Waschraum. Das Quaken von Fröschen drang durch die beiden Fenster, vor die Fliegengitter gespannt waren.

Er überlegte, sich noch einmal umzudrehen, entschied aber, dass es sich nicht mehr lohnte. Er besaß ein gutes Zeitgefühl und wusste, bald würde die Sonne aufgehen. Außerdem zwang sein Darm ihn aus dem Bett. Die opulenten, festen Mahlzeiten nach der Askese in der Wüste machten ihm zu schaffen. Gähnend verließ er sein Zimmer und torkelte in Richtung Toilette. Ein ganz schöner Luxus, fand Bohdan, seine Notdurft im Haus verrichten zu können. Er spülte, indem er mit einer Kelle aus einem vollen Eimer Wasser schöpfte.

Auf dem Rückweg zu seinem Zimmer sprach ihn eine Stimme von hinten an. »Auch schon wach, Frühaufsteher«, flüsterte Danija.

Bohdan zuckte zusammen und drehte sich zu ihr um. »Musst du mich immer erschrecken?«

Das Mädchen zuckte unschuldig mit den Schultern. »Zieh dich an, dann weise ich dich in deine Aufgaben ein. Wir haben hier einen strikten Tagesablauf.«

Bohdan nickte gähnend und verzog sich in sein Zimmer. Voll bekleidet kehrte er in den Eingangsbereich der Villa zurück. Danija wartete auf ihn. Sie musterte den Hut auf seinem Kopf und rollte mit den Augen.

»Also schön«, gurrte sie, »deine täglichen Pflichten: Ab dem ersten Sonnenstrahl gibt es für exakt eine Stunde Fließendwasser. Du füllst in dieser Zeit sämtliche Behältnisse im Haus. Wenn du das erledigt hast, schnappst du dir einen Eimer und beeilst dich, die Straße zu befeuchten. Das tust du in beide Richtungen, soweit du kommst, in Richtung Saloon solltest du aber mindestens bis zum Barbier kommen. Danach kannst du mit den Bediensteten frühstücken. Ab da stehst du der Baronesse zur Verfügung.«

Bohdan widerstand dem Impuls zu fragen, wer diese Aufgaben vor seiner Ankunft erledigt hatte, aber Danija schien seine Gedanken zu erraten.

»Ich kümmere mich um die Tiere«, sagte sie. Bohdan hakte nicht nach, welche Tiere sie meinte.

»Ach ja, noch eines«, fügte Danija hinzu, »du musst damit aufhören, die Baronesse zu duzen.«

Bohdan kratzte sich an der Stirn.

Danija seufzte und erklärte ungeduldig: »Vornehme Personen spricht man mit *Ihr* an. Wenn du das Wort an die Baronesse richtest, sagst du: *Madame Moreau*, und du sagst: *Darf ich Euch eine Frage stellen?* Jaro nennst du *Mister Jaro*. Verstanden?«

Bohdan nickte. »Und wie spreche ich dich an?«

Danija seufzte erneut. »Am besten gar nicht.« Sie wandte sich von ihm ab, fügte über die Schulter aber noch hinzu: »Und jetzt steh nicht länger dumm herum, an die Arbeit!«

Bohdan lächelte ihr verträumt nach, dann raffte er sich auf und begann mit den ihm zugewiesenen Aufgaben.

Obwohl er sich Mühe gab und sich beeilte, schaffte er es nicht, die Straße bis zum Barbier zu befeuchten. Auf halber Strecke ging ihm das Wasser aus. Dennoch erwartete ihn danach in der Küche ein herzhaftes Bohnenfrühstück, dazu ein schwarzes, bitteres Getränk. Der Koch – ein gutmütiger älterer Mann, der sich eine weiße Schürze umgebunden hatte – nahm Bohdans Widerwillen gegen das Getränk lächelnd wahr und tauschte die Tasse gegen ein Glas Milch.

Bohdan fragte ihn, wie lange er schon für die Baronesse arbeite. Als Antwort sperrte der Koch seinen Mund weit auf. Anstelle einer Zunge befand sich lediglich ein vernarbter, klitschig aussehender Stumpf in seinem Rachen. Bohdan musste sich alle Mühe geben, sich seinen Ekel nicht anmerken zu lassen. Er lächelte verlegen, der Koch schloss den Mund wieder und fuhr fort, Kartoffeln zu schälen.

Im Eingangsbereich nahm sich Bohdan gerade vor, sich auf keinen Fall noch einmal erschrecken zu lassen, aber es gelang Danija doch. Diesmal war er zwar auf das Anschleichen gefasst, nicht jedoch auf die Axt in ihren Händen. Er fuhr zusammen, und Danija lächelte spöttisch. »Wir haben Holz bekommen, du findest es hinter dem Haus. Spalte die Stücke zu Scheiten.«

Der Befehlston des Mädchens missfiel Bohdan zunehmend, aber er würde alles erdulden, um sich seinen Platz in der Familie zu erarbeiten. Was hätte er auch sonst tun können? Im Holzspalten hatte er Erfahrung, es war dennoch eine schweißtreibende Angelegenheit. Er war eher ausdauernd als stark, und das ständige Bücken, um die Scheite einzusammeln, machte seinem Rücken schwer zu schaffen. Am meisten jedoch störte ihn, dass er sein neues Hemd vollschwitzte. Er zog es aus und hackte weiter. Plötzlich spürte er einen Blick in seinem Nacken. Es war nicht Danija, die ihn bereits wer weiß wie lange beobachtete, sondern die Baronesse höchstpersönlich. Etwas Sonderbares lag in ihrem Blick. Bohdan sammelte die Scheite ein, legte sie auf den angelegten Stapel und trat mit nacktem Oberkörper vor die seine Herrin.

»Das genügt fürs Erste«, sagte sie. »Mach dich frisch, wir werden einen kleinen Ausritt unternehmen.«

»Gern ... *Madame Moreau*«, erwiderte er, sich an Danijas Lektion in Etikette erinnernd.

Die Baronesse lächelte dünn und wandte sich ab.

Nach einer wassersparenden Katzendusche trat Bohdan mit frischem Hemd auf die Terrasse. Den Hut hatte er ausnahmsweise im Zimmer zurückgelassen. »Guten Mittag, Mister Jaro«, grüßte er den

Revolverhelden, der wie üblich in seinem Schaukelstuhl saß. Er las in einem Buch mit rotem Einband. Ohne davon aufzusehen, murmelte er etwas, das entfernt an eine neutrale Erwiderung erinnerte. Eindeutig ein Fortschritt, befand Bohdan.

Die Baronesse kam in einer engen braunen Lederhose, hohen Reitstiefeln und einer langärmligen Lederweste über einer mit grünen Rüschen bestickten Bluse aus dem Haus. Das lange Haar hatte sie zu einem strengen Zopf geflochten. Im selben Augenblick führte Danija, ebenfalls in Reitkleidung, drei Pferde vor die Terrasse. Jenes, das Bohdan und den Wanderer in die Stadt gebracht hatte, war nicht darunter. Schon beim Aufsteigen wurde klar, dass die beiden Frauen geübte Reiterinnen waren. In leichtem Trab ritten sie bis zum Tor, das ihnen rasch geöffnet wurde. Der Schnurrbärtige Mann – Stepan war sein Name, erinnerte sich Bohdan – grüßte die Baronesse ehrerbietig, was diese mit einem Nicken erwiderte.

Hinter dem Tor schnalzte sie mit der Zunge, und ihr großer Grauer fiel in Galopp. Sie umrundeten die Stadt, preschten den Pfad, den sie gestern zu Fuß gegangen waren, hinauf und dahinter hinab an den Feldern vorbei. Bohdan hatte Mühe mitzuhalten. Es lag nicht an seiner kräftigen braunen Stute, sondern an ihm. Er geriet immer wieder aus dem Takt, und das irritierte das Tier. Daher war er froh, als die Baronesse ihren Grauen vor einer einsamen Blockhütte anhalten ließ. Elegant glitt sie aus dem Sattel und band das Pferd an einen Pfosten. Danija tat es ihr gleich und nahm ein Bündel vom Sattel ihres Tieres. Bohdan fragte sich, was sie hier suchten. Neugierig betrat er als letzter die Hütte.

Die Baronesse ließ sich auf einer Bank nieder, die mit einem Tisch und zwei Stühlen die einzige Einrichtung darstellte, während Danija die Fensterläden aufschob und das Bündel auf den Tisch legte. Es enthielt einen Wasserschlauch und belegte Brote. Sie aßen schweigend, bis Bohdan es nicht mehr aushielt.

»Was machen wir hier?«, platze es aus ihm heraus.

»Reichst du mir den Trinkschlauch?«, fragte die Baronesse.

Bohdan erhob sich, beugte sich vor und wollte eben den Arm ausstrecken, um der Bitte nachzukommen, als die Baronesse ihn zurechtwies: »Nicht so! – Danija!«

Verständnislos setzte Bohdan sich wieder hin, und was er nun sah, raubte ihm den Atem. Der Trinkschlauch erhob sich in die Luft, als würde er von einem unsichtbaren Faden hochgezogen. Er schwebte auf die Baronesse zu und senkte sich vor ihr auf den Tisch nieder. In dem Moment, da er wieder sicher lag, atmete Danija schwer aus.

»Wir sind hier, um eure Fähigkeiten zu schulen«, erklärte die Baronesse ernst.

Zutiefst frustriert und mit den schlimmsten Kopfschmerzen seines bisherigen Lebens ließ Bohdan sich vor der Villa aus dem Sattel fallen. Zweimal hatte er sich auf dem Rückweg übergeben, doch die Übelkeit war nichts im Vergleich zu der pochenden Pein hinter seiner Stirn. Die Baronesse fasste die Übelkeit, die Gelenkschmerzen, das unkontrollierbare Zittern seiner Finger, die Krämpfe in seinen Oberarmen, den Schmerz im Kopf und die Abgeschlagenheit, die sich nach hohem Fieber anfühlte, unter dem Begriff *Tribut* zusammen. Der Preis, den man für die Macht zu entrichten habe.

Im Augenblick war das nach Bohdans Ermessen ein viel zu hoher Preis dafür, dass er nach etlichen Versuchen eine Kerze kurz zum Flimmern gebracht hatte, und er war noch nicht einmal davon überzeugt, ob nicht vielleicht doch ein Windzug in der Blockhütte dafür verantwortlich gewesen war. Er hatte der Baronesse berichtet, dass die Anwendung seiner Gabe ihm in großer Not viel leichter falle und er bis zu diesem Tag kaum etwas von dem *Tribut* gespürt habe. Er müsse sowohl die Ausübung als auch das Umgehen mit dem Tribut intuitiv beherrscht haben, lautete ihre Erklärung. Es sei jedoch unverzichtbar, diese Vorgänge bewusst einzuüben.

Den Rest des Tages verbrachte Bohdan im Bett, heimgesucht von den Symptomen des Tributs und pessimistischen Gedanken. Erst in der Nacht klangen die Schmerzen und die innere Unruhe ab, und er sank in einen ohnmachtsgleichen Schlaf.

Den folgenden Tag erlebte er, als blickte er durch einen Nebel. Die Wasservorräte im Haus aufstocken, die Straße befeuchten, holzhacken, etwas essen, das ihm der stumme Koch als Frühstück vorsetzte. Danach döste er eine Weile neben dem schweigsamen Jaro auf der Terrasse, bis die Baronesse erschien und ihn aufforderte, sie und Danija wieder zu begleiten.

Sie ritten zu der Blockhütte und übten, Gegenstände durch Geisteskraft zu bewegen. Erneut scheiterte Bohdan an sämtlichen Aufgaben, die Danija mit scheinbarer Leichtigkeit bewältigte, und wie am Tag zuvor kehrte er krank und enttäuscht zur Villa zurück.

Ein Tag folgte auf den anderen und Bohdan war nahe daran, die Hoffnung aufzugeben. Vielleicht hatten sie sich in ihm getäuscht, vielleicht war er einfach nicht imstande zu tun, was die Baronesse von ihm verlangte.

Ganz unerwartet kam der Durchbruch. Er konzentrierte sich mit geschlossenen Augen auf die Kerze, griff aus sich hinaus, und obgleich seine Augen fest verschlossen waren, sah er die Flamme erlöschen. Er riss die Augen auf und tatsächlich, die Flamme war aus. Vor Freude wäre er beinahe vom Stuhl gefallen. Die Baronesse nickte und forderte ihn auf: »Jetzt der Schlauch.«

Mit einem Mal schien es ganz einfach. Er schloss die Augen wieder, visualisierte den Trinkschlauch, streckte in Gedanken seine Hand aus, spürte die raue Oberfläche des Leders und hob den Schlauch behutsam an. Vorsichtig linste er, was sich außerhalb seiner Vorstellung ereignete, und vor lauter Schreck darüber, dass sich der Schlauch einen guten Meter in die Luft erhoben hatte, brach seine Konzentration in sich zusammen, und der Schlauch stürzte auf den Tisch nieder. Danija fing den Fall im letzten Moment auf, Bohdan griff erneut mit der Kraft aus, und für einen kurzen Augenblick hielten sie den Gegenstand gemeinsam in der Luft. Er wollte ihn zu sich befehlen, aber Danija zog in die Gegenrichtung. Eine Kraftprobe, die er in Sekundenbruchteilen verlor.

»Ausgezeichnet«, lobte die Baronesse, »ausgezeichnet.«

Auskosten konnte Bohdan den Stolz auf sich selbst allerdings nicht. Der Tribut an diesem Nachmittag fiel noch schlimmer aus als der am ersten Tag. Als sie endlich die Villa erreichten, musste Danija ihn stützen, und auch so fiel es ihm schwer, einen Fuß vor den anderen zu setzen. Auf dem Bett hatte er Angst, dass sein Kopf zerbersten würde, so heftig war der Druck hinter der Stirn.

»Ich verrate dir ein Geheimnis«, sagte Danija.

Bohdan fuhr auf – er hatte gar nicht bemerkt, dass sie noch im Raum war – und bezahlte dafür mit einer

Welle von Übelkeit. Langsam ließ er sich wieder zurücksinken.

»Es ist wie beim Atmen«, erklärte Danija. »Im Moment atmest du nur ein, man muss aber auch ausatmen. Die Kraft, die wir einsetzen, muss den Körper wieder verlassen. Halte die Luft nicht an, sondern lass sie wieder hinausströmen.«

»Nja«, nuschelte Bohdan. Er streckte matt seine reale Hand aus, er wollte sie berühren, aber sie war schon gegangen, und er war allein.

Vom nächsten Tag an machte Bohdan kontinuierlich Fortschritte. Er konnte die physische Welt immer besser und immer länger beeinflussen. Danijas Rat war Gold wert. Es gelang ihm, ein Gefühl für die Gegenkraft, *das Ausatmen*, wie sie es genannt hatte, zu entwickeln.

Der Tribut, erklärte die Baronesse, würde niemals ganz ausbleiben, ein geübter Mushanti jedoch reduziert ihn auf ein Minimum.

Endlich begann Bohdan sich auf die Ausritte zu der Blockhütte zu freuen. Die geheimen Zusammenkünfte wurden spielerischer. Danija und er veranstalteten unter den strengen, aber wohlwollenden Blicken der Baronesse Wettbewerbe. Dabei versuchten beide einen in der Luft schwebenden Gegenstand zu sich zu ziehen. Bohdan unterlag jedes Mal, aber es machte ihm nichts aus, sondern animierte ihn dazu, besser zu werden. Und er wurde besser. Er übte den ganzen Tag. Die Baronesse hatte nachdrücklich untersagt, die Kraft innerhalb der Stadtmauer zu benutzen, doch es gab andere Wege des Selbststudiums. Letzten Endes war alles eine Frage der Konzentration und des inneren Gleichgewichts. Beim frühmorgendlichen Befeuchten der Straße, beim Holzhacken – Bohdan war stets damit beschäftigt, seinen Geist zu disziplinieren. Ablenkung war der größte Widersacher eines Mushanti, er durfte sich also von nichts ablenken lassen, und das konnte man den ganzen Tag über üben. Durch die Fokussierung auf eine einzige Sache fielen ihm bald auch alle anderen Dinge leichter. Es war an einem kühlen Morgen, als Bohdan aufblickte und feststellte, dass er die Straße bis über den Barbier hinaus befeuchtet hatte. Er lächelte und machte sich zufrieden auf den Rückweg zur Villa, freudig gespannt, was der Tag bringen würde.

Zur selben Zeit, viele, viele Meilen südöstlich, erleichterte sich Hank in den Sand. Er hatte das Gebiet der Sozialistischen Liga weitläufig umfahren, dennoch war eine Patrouille auf ihn aufmerksam geworden. Pech. Den ganzen gestrigen Tag hatten die zwei aufgemotzten Jeeps ihn durch die Wüste gejagt. Die halbe Nacht über war er mit ausgeschalteten Scheinwerfern gefahren und hatte gehofft, sie abgeschüttelt zu haben. Aber als er aufgewacht war, hatte er feststellen müssen, dass sie noch immer an ihm dran waren. Wahrscheinlich war ihnen langweilig, und eine vermeintlich leichte Beute ließ man sich nicht einfach so durch die Lappen gehen.

Hank füllte Benzin nach und stieg in den Dodge Charger, auf den er es schon abgesehen hatte, als er den Deal mit der Baronesse eingegangen war. Der Motor des Muscle Cars startete mit einem lustvollen Brummen. Der Wagen war eine hervorragende Wahl gewesen, an der Wahl seiner Waffe zweifelte Hank hingegen. Es tat zwar gut, wieder einen Gurt um die Hüfte zu tragen, aber ein Gewehr wäre in der Wildnis vorteilhafter gewesen als der schwere Colt. Der Dodge nahm Fahrt auf und Hank blickte in den Rückspiegel. Noch holten die Jeeps auf, aber das änderte sich, als er schaltete und das Gaspedal durchdrückte.

»Hartnäckige Baichis!«, fluchte Hank. Auf lange Sicht würde er sie abhängen, aber das Gefühl, verfolgt zu werden, ging ihm allmählich auf die Nerven. Noch diesen Tag, entschied er, würden sie ihn kennenlernen, wenn sie nicht aufgaben. Vielleicht gehörten sie gar nicht der Sozialistischen Liga an, obwohl auf dem einen Jeep die rote Sichelflagge flatterte. Es konnte sich genauso gut um Banditen handeln, die die Fahrzeuge gestohlen oder geraubt hatten.

Am Nachmittag war Hank klar, dass sie niemals aufgeben würden. Es waren Sturköpfe. Sie würden ihn bis ans Ende der Welt jagen, und er hatte die Nase voll vom Davonlaufen. Er musste zwar ohnehin in die Richtung, in die er floh, aber er wollte nach seinem eigenen Rhythmus fahren und sich nicht ständig umblicken müssen. Erst die linke, dann die rechte Hand am Lenkrad, zog er sein verschwitztes weißes Hemd aus, kurbelte das Fenster runter und klemmte das Hemd ein. Es sollte so aussehen, als gäbe er auf. Diese Idioten konnten ja nicht wissen, wie viel Benzin er noch in Reserve hatte. Er drosselte die Geschwindigkeit, ließ sie langsam aber sicher aufholen. Jetzt waren sie nah genug, dass er sie zählen konnte. Sie waren zu viert, zwei im einen, zwei im anderen Jeep. Heruntergekommene Typen mit langen Haaren und Bärten. Hank öffnete die Schnalle des Waffengurts und bremste. Es war nicht seine erste Begegnung dieser Art, er ahnte voraus, wie sich die Kerle verhalten würden, aber es war auch Glück dabei.

Es fing gut an. Der erste Jeep hielt genau hinter dem Dodge an, der zweite rollte noch ein Stück weiter, bis er versetzt rechts vor dem anderen stehenblieb. Hank sah noch einmal in den Rückspiegel. Niemals waren diese Penner von der Sozialistischen Liga. *Sige!* Er atmete einmal tief durch, dann öffnete er die Tür und stieg aus. Er bewegte sich schnell, allerdings nicht so schnell, dass die Typen erschraken und ihn gleich über den Haufen schossen. Selbst der größte Baichi wusste, ein lebender Fremder war immer mehr wert als ein Toter, weil man ihm vielleicht noch nützliche oder gar kostbare Informationen entlocken konnte. Nun öffneten sich auch die Jeeptüren, drei abgewetzte Gestalten traten hinaus in das Rot der einsetzenden Abenddämmerung. Nur einer blieb im Wagen zurück, er stellte sich breitbeinig auf die Sitze und brachte durch das offene Verdeck ein Gewehr in Anschlag. Eine Routinevorsichtsmaßnahme, die Kerle waren sich ihres Sieges gewiss. Hank hielt den Colt hinter dem Rücken, während er die Linke in die Luft hielt. Er durfte sie nicht zum Nachdenken kommen lassen. Mit freiem Oberkörper ging er auf sie zu und quasselte los: »Hey Leute, ihr habt gewonnen, könnt alles haben. Tut mir bloß nichts …«

Der Vorderste griff nach der Pistole in seinem Gürtel und murrte, er solle stehenbleiben, aber Hank ignorierte ihn.

»Jo, bleibt friedlich«, brabbelte er, »ich bin zu jung und zu hübsch, um heute draufzugehen …«

Während er redete, schätzte er die Gefahren ein, die von den Burschen ausging, und ordnete sie hierarchisch. Jetzt hatte er es. Blitzschnell zog er den Colt hervor und schoss. Die erste Kugel krachte durch die Windschutzscheibe des Jeeps und bohrte sich in den Bauch des Mannes mit dem Gewehr, die zweite streckte den vordersten Mann mit der Pistole nieder. Der neben ihm griff über die Schulter, um eine

Machete zu ziehen – die dritte Kugel löste sich aus Hanks Colt und traf ihn zwischen die Augen.

Der vierte und letzte sah schockiert auf seine toten Kameraden und wollte die Hände in die Luft strecken. Hank zog den Hahn des Colts zurück und schoss ihn über den Haufen. »Das hättest du dir früher überlegen sollen«, brummte er.

Er ging rasch zu dem Jeep und verpasste dem Mann mit der Bauchwunde den Gnadenschuss, dann vergewisserte er sich, dass auch die anderen tot waren.

Erst durchsuchte er die Leichen, danach die Wagen, um alles Nützliche an sich zu bringen. Es wurde dunkel. Im Scheinwerferlicht des Dodge zapfte er Benzin in Kanister ab, allerdings ließ er in beiden Jeeps noch ein wenig drin. Zuletzt schnitt er einem Mann das Hemd vom Leib, tränkte zwei Streifen mit Benzin und steckte sie in die Tankdeckel. Er zündete sie an und stieg rasch in den Dodge.

Unter den Habseligkeiten der Banditen war auch ein Päckchen Zigaretten gewesen. Er steckte sich ein an und drückte aufs Gas. Er war nicht weit gekommen, als die Explosionen den Rückspiegel erhellten. Hank entspannte sich, rauchte in gemütlicher Haltung auf dem bequemen Sitz und genoss die Stille der Nacht, während der Dodge ihn weiter seinem Ziel entgegentrug.

6. Kapitel

Tage waren zu Wochen geworden, und Bohdan lernte so viel wie nie zuvor in seinem Leben. Er wurde nicht nur in den geheimen Künsten der Mushanti unterwiesen. Die Baronesse hatte spitzbekommen, dass er nicht lesen und schreiben konnte. »Ein ganz unerhörter Zustand!«, wie sie sich kokett echauffierte. Seitdem ging Bohdan jeden frühen Nachmittag in die kleine Dorfschule, um sich vom alten, strengen Lehrer Lektionen erteilen zu lassen. Danach ritten er, Danija und die Baronesse aus, manchmal zur Blockhütte, manchmal auch an einen anderen Ort, den die Baronesse für geeignet hielt. Das Reiten war das Einzige, in dem Bohdan keine nennenswerten Fortschritte machte. Er fand, das war zu verkraften, auch wenn Danija nicht müde wurde, sich über ihn lustig zu machen.

»Es gibt Wichtigeres«, sagte er gespielt mürrisch, nachdem die braune Stute beim Anbinden nach seinem Arm geschnappt hatte, woraufhin Danija in ein helles Lachen ausgebrochen war.

»Zum Beispiel … Dinge durch Willenskraft bewegen?«, gab sie spitz zurück. »Dann solltest du wenigstens das anständig beherrschen.«

»Heute werde ich dich fertigmachen«, nahm Bohdan die Herausforderung an, wohl wissend, dass seine Chancen schlecht standen.

»Ihr könnt euch ein andermal wieder messen«, schnitt die Baronesse das Geplänkel ab, »heute haben wir etwas anderes vor.«

Danija wollte die Tür der Blockhütte öffnen, aber die Baronesse schüttelte den Kopf. »Lasst uns ein wenig spazieren gehen.«

Die Umgebung war karg; vereinzelte braune Büsche, Eidechsen, die sich auf Steinen sonnten.

»Die Welt ist Krankheit und Tod, das brachte mein Lehrer mir bei«, sagte die Baronesse. Sie lächelte, in Erinnerungen versunken. »Er behauptete, alles, wirklich alles sei möglich, es gebe jedoch Dinge, die man nicht tun sollte. Ich fragte ihn, woher man wisse, was man dürfe und was nicht.«

»Und«, fragte Bohdan, da die Baronesse eine Weile schweigend weitergegangen war, »woher weiß man es?«

Die Baronesse antwortete nicht, und Danija sagte: »Ihr habt nie von Eurem Meister erzählt. Was ist mit ihm geschehen?«

»Er starb«, erwiderte die Baronesse düster, »er ließ sich ermorden, weil er nicht tat, wozu er fähig gewesen wäre.« Sie schnaubte und richtete ihr Wort an Bohdan: »Es gibt in unseren Gefilden fünf bekannte magische Traditionen, die nach der großen Umwandlung wieder zum Leben erwacht sind: Die Schamanistische, die Druidische, die Skaldaeische, die Kabbalistische und die Katharische. Schamanen, Druiden und

Skaldae wirken ihre Macht vor allem durch Rituale, Gesänge und derlei zeitaufwändigem Kram. Wir folgen dem katharischen Weg.«

»Aber nicht dessen Regeln und Gesetze«, warf Danija ein.

Die Baronesse hielt an. »Ganz recht. Mein Lehrer täuschte sich. Alles ist möglich, und alles, wozu man fähig ist, ist erlaubt. So lautet meine Lehre an euch. Die Welt ist in der Tat schlecht und verdorben, aber wir haben die Macht, sie zu heilen – sofern uns der Sinn danach steht.«

Sie ging weiter und wandte sich erneut Bohdan zu: »Es gibt noch eine sechste Form der Magie, eine, die mit der unseren verwandt ist. Eingeweihte nennen sie Shedani.«

»Die Shedai-nai haben sie mitgebracht«, folgerte Bohdan.

Die Baronesse nickte anerkennend, und obwohl Danija auf ihrer anderen Seite ging, hatte Bohdan registriert, dass sie zusammengezuckt war. Fürchtete sie etwa diese Shedai-nai? Aber warum? Der Wanderer hatte ihm gesagt, dass sie weit im Westen lebten und sich nicht für die Ödlande interessierten. *Fünf Traditionen, plus diese geheimnisvolle sechste Form …* ging es ihm durch den Kopf, doch dann fiel ihm etwas anderes, etwas sehr Praktisches ein.

»Sollten wir uns nicht auf einen Angriff vorbereiten?«, fragte er laut. »Der Wanderer und ich«, führte er weiter aus, »sind einem Mann begegnet, der behauptete, zwei Stämme hätten sich verbündet und wollten gegen Stone Town vorgehen.«

Die Baronesse lachte. »Und das fällt dir jetzt ein?« Ernster fügte sie hinzu: »Glaubst du denn, ich würde mit euch durch die Wüste spazieren, wenn meine Stadt nicht gegen jeden Angriff gewappnet wäre? Außerdem ist so ein Bündnis eine heikle und anfällige Angelegenheit, die Zeit braucht, zudem beginnt bald die Regenzeit. Niemand führt Krieg in der Regenzeit.«

Bohdan kam sich dumm vor und unterdrückte weitere Fragen.

Schweigend gingen sie, bis die Baronesse sich abrupt bückte. Bohdan und Danija schauten neugierig, was sie entdeckt hatte. Auf einem kahlen Stein lag eine Eidechse. Ein Räuber musste sie fast erwischt haben, denn es fehlte ihr der halbe Schwanz. Es war sonderbar, dass sich das kleine Reptil nicht verkroch, obgleich drei Augenpaare es musterten. Die Baronesse machte es sich in der Hocke gemütlich.

»Ihr habt gute Fortschritte gemacht«, sagte sie leise. »Jetzt zeige ich euch etwas anderes, etwas äußerst Nützliches.«

Sie hob die rechte Hand langsam über die Eidechse, dann begann sie, fremdartig klingende Laute zu murmeln. Bohdans Nackenhaare stellten sich auf. Es war nur ein kurzer Augenblick, aber er glaubte, dass ein

Strahlen von der Kette um den Hals der Baronesse ausging. Vor seinen staunenden Augen wuchs der Schwanz der Eidechse, bis er die natürliche Länge erreicht hatte. Das Tier legte den Kopf schief. Möglicherweise ein Ausdrucks des Dankes, vielleicht wunderte es sich auch nur, was eben mit ihm geschehen war. Die Baronesse atmete langsam und tief aus, ehe sie sich wieder aufrichtete.

Danijas Augen funkelten. »Wie habt Ihr das gemacht?«

Die Baronesse lächelte überlegen. »Ich werde es euch beibringen, Kinder, ich werde euch noch vieles beibringen.«

Am Abend hatte Bohdan wieder Kopfschmerzen, aber sie waren zu ertragen. Was die Baronesse ihnen heute gezeigt hatte, war ganz anders, als Dinge durch die Luft schweben zu lassen. Der Zugang bestand nicht bloß in Konzentration und Willenskraft, es gab einen genauen Wortlaut, der aufzusagen war, um eine Heilung zu bewirken. Sie hatten an sich selbst geübt, sich kleine Schnitte zugefügt und anschließend versucht, die Blutung zu stoppen und das Gewebe zu regenerieren. Das Resultat bestand in vielen schorfigen Kratzern an seinem Unterarm, die Danija teilweise erfolgreich behandelt hatte. Immerhin, er hatte ihr weniger helfen können. Beim gemeinsamen Abendessen, an dem auch Jaro teilnahm, trug Danija

Bandagen um die Unterarme. Die Baronesse hatte zuvor bereits klargestellt, dass sie ihre Kräfte nicht einsetzen würde, um ihnen zu helfen. »Ihr müsst lernen«, hatte sie erklärt, »die Wunden, die ihr reißt, selbst zu schließen – oder mit den Konsequenzen zu leben.«

Das Essen verlief schweigsam. Das Geflügel, das einer der Jäger geschossen hatte und das von dem zungenlosen Koch zubereitet worden war, schmeckte köstlich, und Bohdan kam das Schweigen ausnahmsweise gelegen. Er war froh, seinen Kopf nicht mehr anstrengen zu müssen. Zur Nachspeise gab es eine Frucht mit gelbem, süßem Fruchtfleisch. Bohdan fragte nicht, wie sie hieß, noch wo sie herkam. Er wusste so wenig von der Welt. Als die Baronesse das Essen für beendet erklärte, half er Danija beim Abtragen des Geschirrs. Sie griffen gleichzeitig nach der letzten Schale, wobei sich ihre Hände kurz berührten. Rasch zog er seine Hand zurück, und Danija schenkte ihm einen sonderbaren Blick. Als er später im Bett lag und der Schlaf trotz Erschöpfung nicht kommen wollte, hing er diesem Blick nach. Er war sich fast sicher, dass Sehnsucht darin gelegen hatte, aber auch Angst.

Das Haus war hellhörig, und als er glaubte, dass alle zu Bett gegangen waren, nahm er seinen Mut zusammen und stand auf. So leise wie möglich schlich er durch die dunklen Gänge und leeren Räume, bis er die Tür von Danijas Zimmer erreicht hatte. Sollte er anklopfen? Er konnte nicht recht bestimmen weshalb, aber er hatte das Gefühl, etwas Verbotenes zu tun.

Unentschieden stand er da, plötzlich öffnete die Tür sich von innen. Danija packte ihn am Handgelenk und zog ihn zu sich herein. Schnell und leise schloss sie die Tür wieder. Mondlicht fiel durch ein Fenster in den Raum und tauchte ihn in ein milchiges Weiß. Ihr Zimmer, das er noch nie betreten hatte, ähnelte seinem, nur war es perfekt aufgeräumt. Das enttäuschte Bohdan ein wenig. Er hatte auf mehr Zeichen gehofft, die etwas von Danijas Persönlichkeit offenbart hätten. Trotz der vielen Stunden, die sie täglich miteinander verbrachten, war sie ihm in vielerlei Hinsicht noch immer ein Rätsel.

Sie setzte sich mit dem Rücken am Bett auf den Boden und lud ihn mit einer knappen Geste ein, sich neben ihr niederzulassen. Angespannt setzte er sich, schuldbewusst fiel sein Blick auf die Bandagen, die sie an den Unterarmen trug, weil es ihm nicht gelungen war, die ihr zugefügten Wunden zu heilen. Die Stille im Raum lastete schwer auf ihm.

»Ich …«, setzte er an.

»Psst«, machte Danija, und dann tat sie etwas, das Bohdan schwindeln ließ. Sie nahm seine Hand in ihre, presste sie fest. Bohdan erwiderte den Druck, auch wenn er die Geste nicht verstand. Er glaubte ein unterdrücktes Schluchzen zu vernehmen. Weinte sie?

»Was ist mit dir?«, fragte er flüsternd.

Danija rümpfte die Nase. »Du verstehst das alles nicht, oder?«

»Dann erkläre es mir«, forderte Bohdan sie auf. Sie hatte recht, er verstand überhaupt nichts mehr.

Sie ließ seine Hand los und zog sie zurück. »Nichts ist hier so, wie es scheint«, sagte sie endlich, so leise, dass Bohdan sich anstrengen musste, sie zu verstehen. »Ich bin nicht die, für die du mich hältst, aber vor allem …« – ihre Stimme war nun kaum mehr als ein Hauchen – »… vor allem ist die Baronesse nicht …« Sie unterbrach sich, um ihm ins Ohr zu flüstern: »Du musst dich vor ihr in Acht nehmen.« Nach einer kurzen Pause fügte sie resigniert hinzu: »Wahrscheinlich ist es schon zu spät. Ja, natürlich ist es das. Du bist ihr Sklave, genau wie ich.«

Bohdan wollte tröstend den Arm um ihre Schultern legen, aber Danija versteifte sich, und er nahm den Arm zurück.

»Sicher«, flüsterte er beruhigend, »ich weiß nicht, wer du bist und was du erlebt hast, wir lernen uns ja erst richtig kennen. Aber ich weiß, dass ich dich gern habe. Sehr sogar«, fügte er etwas ungeschickt hinzu.

»Hast du mir nicht zugehört?«, zischte Danija ärgerlich. »Du bist so ein blauäugiger Narr!« Sie schnaubte, und Bohdan war nun erst recht verwirrt. Verlegen schwieg er.

»Los, geh!«, sagte Danija mit plötzlich kalter Stimme.

Er sah sie fragend an.

»Ich sagte, du sollst verschwinden!«

Er stand langsam auf und ging zur Tür. Als er die Hand auf die Klinke legte, wandte er sich noch einmal um, aber es lag so viel Wut in Danijas Blick, dass er rasch die Tür öffnete und hinaushuschte.

Was war das denn gewesen?, fragte er sich, als er wieder allein in seinem Bett lag und zum Quaken der Frösche Löcher in die Decke starrte. War Danija vielleicht verrückt? In seinem Dorf hatte es mehr als einen Fall von Geisteskrankheit gegeben. Männer und Frauen, die unberechenbar wurden, und die der Dorfrat gezwungen war, vom Stammesgebiet zu verbannen. Seine Hand in ihrer kleineren Hand … Sie waren sich so nah gewesen. Hatte er etwas Falsches gesagt?

Er seufzte. Durch das Fenster war ein Geräusch zu hören, die Frösche verstummten erwartungsvoll. Er hatte es gar nicht bemerkt: Es war dunkler geworden, der Mond hatte aufgehört zu scheinen. Das Geräusch schwoll an, wurde zu einem unregelmäßigen Prasseln. Die Regenzeit hatte eingesetzt.

***

Bohdan wachte auf, zog sich an und wollte mit seiner Tagesarbeit beginnen, da wurde ihm klar, dass er die Straße so bald nicht mehr befeuchten musste. Er schaute aus dem Fenster. Es regnete mit unveränderter Stärke. Noch sog die Straße die Nässe auf, aber wenn es weiter wie aus Kübeln goss, würde sie sich bald in einen Fluss verwandeln. Er wusste nicht, ob es noch nötig war, aber es war besser sicherzugehen, bis er neue Anweisungen erhielt, und so füllte Bohdan sämtliche Behältnisse mit Wasser, indem er sie unter die Regenrinne hinter dem Haus hielt und wartete, bis sie voll waren. Danach ging er zurück in sein Zimmer und setzte sich auf das Bett. Er schloss die Augen und versuchte, an nichts zu denken, aber das Gespräch mit Danija vergangene Nacht ließ ihn nicht los, zudem spürte er zum ersten Mal seit seiner Flucht Heimweh. Bei den Free People hatte man den Beginn der Regenzeit gefeiert. Im Hauptzelt hatte der alte Vojtech dann immer auf seiner Gitarre gespielt, die Erwachsenen hatten Apfelschnaps getrunken und die Kinder Honigkuchen bekommen. Seufzend stand er auf und ging in die Küche, um sein Frühstück einzunehmen, doch der stumme Koch gab ihm mit Handzeichen zu verstehen, er solle warten, bis die anderen wach seien. Bohdan, der nicht wusste, was er sonst tun sollte, bat darum, dem Koch beim Essenrichten helfen zu dürfen. Der Mann nickte, reichte ihm einen

Kochlöffel, und Bohdan wendete damit die brutzelnden Speckstreifen in der Pfanne. Gemeinsam trugen sie im Speisesaal im ersten Stock auf, und bald kamen Jaro, die Baronesse und Danija an den Tisch. Die Baronesse schien gute Laune zu haben, auch wenn Bohdan nicht entging, wie ihr Blick zweimal abschätzig auf Danija ruhte. Jaro war mürrisch wie immer, und Danija … Es machte Bohdan innerlich rasend, sie tat so, als wäre nichts vorgefallen. Sie begegnete ihm mit distanzierter Höflichkeit.

»Danija«, sagte die Baronesse im Befehlston, »ich möchte, dass du uns Capes für den späteren Ausritt besorgst.« Mit freundlicherer Stimme wandte sie sich an den Revolverhelden: »Jaro, es wäre mir ein Anliegen, wenn du Bohdan ein wenig in den Umgang mit dem Gewehr einweisen würdest. Du weißt warum. Ein Schütze mehr wird von Vorteil sein.«

»Ich werde sehen, was ich tun kann«, erwiderte Jaro trocken.

Als jeder seinen Teller leer hatte, zog die Baronesse sich zurück. Beim Abtragen des Geschirrs ignorierte Danija Bohdans Versuche, Blickkontakt mit ihr herzustellen. Offensichtlich waren seine Bemühungen nicht sonderlich subtil, denn Jaro grinste und knurrte: »Weiber, was?«

Bohdan zuckte mit den Achseln.

»Komm Kleiner, schauen wir, was in dir steckt.«

Der Revolverheld führte ihn zu einer Scheune. Dort zog er den Reißverschluss der länglichen Tasche auf, die er auf dem Rücken durch den Regen geschleppt hatte. Darin befanden sich drei Gewehre. Jaro nahm eines nach dem anderen in die Hand, prüfte Gewicht und andere Dinge, von denen Bohdan nichts verstand, und schließlich hielt er ihm eines hin. Bohdan nahm es und war überrascht, wie schwer es war.

»Das ist eine Winchester, ein Nachbau des Modells 1873, Karabiner-Ausführung, ein echter Oldtimer«, erklärte Jaro. »Aber lass dich von ihrem Alter nicht täuschen, ist 'ne treue Seele. Wenn du gut zu ihr bist, ist sie gut zu dir.« Er stellte Dosen auf einem Querbalken auf, während Bohdan die Waffe in seinen Händen genauer in Augenschein nahm. Sie gefiel ihm, aber sie flößte ihm auch Angst ein. Jaro kam zurück und drückte Bohdan einen Beutel Patronen in die Rechte, fast wäre ihm das Gewehr heruntergefallen. Jaro zog scharf Luft ein und sagte: »Laden.«

So einfach war es allerdings nicht. Dreimal musste Jaro es ihm vorführen. Selten zuvor hatte Bohdan sich so tollpatschig gefühlt. Seine Finger waren schweißnass und die Patronen dadurch glitschig, sodass sie ihm zu Boden fielen. Er hegte den Verdacht, dass Jaro ihm absichtlich die am schwierigsten zu handhabende Waffe gegeben hatte. Endlich war das Gewehr geladen, und Jaro sagte ihm, er solle den

Schaft fest zwischen Schulter und Brustbein pressen, durch Kimme und Korn zielen und abdrücken.

Der erste Schuss löste sich, und Bohdan zuckte bei dem Krach zusammen. Seine Schulter schmerzte vom Rückstoß der Waffe. Er hatte verfehlt.

»Repetieren, zielen, feuern«, knurrte Jaro.

Kein einziger Treffer. Bohdan kniete sich hin, um mit zitternden Fingern nachzuladen. Er erhob sich wieder und legte erneut an. Erster Schuss – daneben. Zweiter Schuss – ebenfalls daneben.

»Herrgott«, fluchte Janko, »was du da machst, ist erbärmlich.«

Dritter Schuss – daneben.

»Du schießt wie 'ne besoffene Nutte.«

Vierter Fehlschuss.

»Aus der Distanz kann man doch gar nicht verfehlen.«

Fünfter Schuss – kein Treffer. Die aufgestellten Dosen schienen Bohdan genauso zu verhöhnen wie der dreckig lachende Revolverheld.

Fünfter Schuss – daneben.

»Kein Wunder, dass dich Danija nicht mit dem Arsch ansieht.«

Jetzt reichte es Bohdan. Er atmete ein und langsam wieder aus. Sein Sichtfeld verengte sich. Er konzentrierte sich ganz auf die Kugel im Lauf, die sich gleich lösen würde. Die Zeit schien sich zu verlangsamen. Sein Finger krümmte sich um den Abzug, das

Projektil wurde abgefeuert, und Bohdan korrigierte die Flugbahn mit der Kraft seiner Gedanken. Die erste Dose fiel scheppernd zu Boden.

Er betätigte den Unterhebelrepetierer. Schuss – und Treffer. Noch einmal, Schuss – und Treffer. Jetzt lief es wie von allein, jeder Schuss fand sein Ziel. Als alle Dosen auf dem Boden lagen, stellte Bohdan das Gewehr ab, ihm schwindelte leicht, aber er zwang sich, Jaro mit trotzigem Triumph herausfordernd anzusehen. Dieser rieb sich das glatt rasierte Kinn. Argwohn lag in seiner Miene, aber er murmelte: »Gar nicht mal so übel.«

Der Rest des Tages zog wie ein Traum an Bohdan vorüber. Vielleicht lag es am unablässigen Regen. Es schien ihm, als würde er die Wirklichkeit abwaschen. Die Stunde bei dem alten Dorflehrer verging wie im Fluge, auch der Ausritt mit der Baronesse und Danija erschien ihm unwirklich, und das, obgleich es ihm diesmal gelang, zwei Schnitte an Danijas Unterarm komplett zu verschließen. Erst als die Baronesse ihn nach dem Abendessen aufforderte, einer Partie des Brettspiels beizuwohnen, hatte er das Gefühl, wieder aufzuwachen. Danija bewegte eine der größeren Spielfiguren auf ein schwarzes Feld und sagte: »Gardez!«

»Das bedeutet, ich sollte meine Dame schützen«, übersetzte die Baronesse für Bohdan. Sie bewegte ihre Hand in Richtung einer ihrer Figuren. »Ich könnte diesen Springer dafür einsetzen, aber dann würde er fallen.« Ihre Hand hielt reglos über dem Spielfeld inne. »Ansonsten könnte ich mich zurückziehen … oder ich gehe zum Angriff über.« Sie bewegte eine der kleineren Figuren, die sich alle gleich sahen, ein Feld nach vorne und sagte: »Schach.«

Danija schnitt eine Grimasse, offenbar hatte sie nicht mit diesem Zug gerechnet.

»Man sollte sich niemals in die Ecke drängen lassen«, sagte die Baronesse in belehrendem Tonfall.

Danija zog mit einer anderen Figur auf ein besetztes Feld. Sie nahm die geschlagene Figur und stellte sie neben das Spielfeld.

»Den Gegner glauben zu lassen, man sei schwach, ist oft von Vorteil.« Die Baronesse bewegte eine ihrer Figuren diagonal mehrere Felder weit. »Dann wiegt er sich in Sicherheit und wird unvorsichtig. – Schachmatt.«

»Willst du es versuchen?«, fragte Danija zerknirscht.

»Ich schaue lieber noch ein paar Spiele zu«, erwiderte Bohdan, »viel hab ich noch nicht verstanden.«

Nach drei weiteren Partien, die die Baronesse alle für sich entschied, kannte Bohdan zumindest die Grundregeln, auch wenn er manchmal noch die unterschiedlichen Bewegungsarten der Figuren durcheinanderbrachte.

»Wollen wir?«, fragte ihn die Baronesse.

»Warum nicht«, erwiderte Bohdan lächelnd, »ich werde mich zwar blamieren, aber warum nicht.«

»Und wie du dich blamieren wirst«, sagte Danija und gab ihren Platz frei.

»Er kann dir morgen von seiner Niederlage berichten«, meinte die Baronesse beiläufig.

Danija stand irritiert da, bis die Baronesse ihre Worte mit einer wedelnden Handbewegung unterstrich.

»Dann … eine gute Nacht«, murmelte Danija und ging.

Bohdan fühlte sich ein wenig schuldig, aber er hatte es aufgegeben, zu versuchen, die subtilen Vorgänge zwischen den beiden Frauen zu begreifen. Außerdem wollte er sich nun lieber ganz auf die vor ihm liegende Partie konzentrieren.

Als alle Figuren an ihrer vorgegebenen Ausgangsposition standen, nahm die Baronesse jeweils eine schwarze und eine weiße vom Brett. Ihre Hände wanderten unter den Tisch, dann hielt sie Bohdan ihre Fäuste hin.

»Wähle«, forderte sie ihn auf.

Bohdan tippte auf die linke Hand, die Baronesse öffnete sie, und die weiße Figur lag darin.

»Das heißt, du beginnst«, erklärte die Baronesse.

Die Eröffnungszüge fielen ihm leicht. Er baute mittig eine Verteidigung mit den Bauern auf und verschaffte den Läufern und der Königin dadurch gleichzeitig Handlungsspielraum. So hatte die Baronesse es zuvor auch immer getan, diesmal jedoch rückte sie hauptsächlich mit den Springern vor. Das brachte Bohdan bald in eine missliche Lage, weil die Bewegungsart der Springer seiner Ansicht nach die komplizierteste war und er keinesfalls einen seiner Offiziere aus Unachtsamkeit verlieren wollte. Bohdan musste immer länger nachdenken, während die Baronesse stets direkt zog, wenn sie an der Reihe war. Während er grübelte und die verschiedenen Optionen gedanklich durchspielte, ruhten ihre grünen Augen auf ihm. Ihr Blick verunsicherte ihn, und er gab sich Mühe nicht daran zu denken, dass sie zum ersten Mal allein in einem Raum miteinander waren. Er konzentrierte sich auf das Spiel. An der rechten Flanke bereitete sie etwas vor. Er musste irgendwie verhindern, dass ihr freier Turm hinter seine Linien geriet.

»Um was geht es deiner Ansicht nach in dem Spiel?«, fragte die Baronesse leise, nachdem sie mit einem Bauern zwei Felder vorgerückt war. Bohdan fragte sich, ob der Bauer dort stand, um später den Turm zu decken.

»Hm«, antwortete er, in seine strategischen Überlegungen vertieft. »Vor allem zwei Dinge sind entscheidend: den eigenen König zu schützen und den des Gegenspielers in Verlegenheit zu bringen.«

Die Baronesse lachte. »Gewiss. Und darüber hinaus?«

Bohdan dachte kurz nach. »Voraussicht, würde ich sagen. Ein guter Spieler sollte wissen, was sein

Gegner vorhat.« Er zog mit seinem Springer, sodass dieser nun den freistehenden Bauern bedrohte. »Und was würdet Ihr sagen, Madame Moreau?«

Ihre Blicke trafen sich, und Bohdan bereute die Frage. In den grünen Augen der Baronesse funkelte es.

»Du bist kess geworden«, maßregelte die Baronesse.

»Ich wollte nicht …«, setzte Bohdan rasch zu einer Entschuldigung an, aber sie fuhr ihm über den Mund: »Macht, mein Junge, in jedem Spiel geht es letztendlich um Macht.« Sie zwinkerte ihm zu. »Aber du hast natürlich nicht ganz unrecht. Mächtig zu sein bedeutet viele Dinge, unter anderem auch zu wissen, was Gegner, aber auch Verbündete, ja sogar was Familienmitglieder tun und vorhaben.« Sie machte eine kurze Pause und stellte dann fest: »Du hast gegen die Regeln verstoßen.«

Bohdan stieg die Hitze ins Gesicht. War der Deckenleuchter die ganze Zeit über schon so heiß gewesen? »Ich …«, stammelte er, »… Jaro hat mich provoziert. Es tut mir leid, wirklich, es kommt nie wieder vor.«

»Nein, wird es nicht«, stimmte ihm die Baronesse eisig zu. »Du hast ein wenig von der Macht gekostet, hüte dich davor, übermütig und eingebildet zu werden. Eine Versuchung, die leider auch immer wieder deine Schwester lockt.«

Sie betonte das Wort *Schwester* auf eine Weise, die Bohdan noch mehr in Verlegenheit brachte. Er wollte wegsehen, aber er konnte nicht. Eine unheimliche Kraft zwang ihn dazu, direkt in die Augen der Baronesse zu schauen. Der Blick tat beinahe weh, diese stechenden grünen Augen, er war ihnen ausgeliefert. Und dann sprach die Baronesse aus, was ihm selbst gerade erst vollauf bewusst geworden war: »Du gehörst mir.«

Ja, so war es. Sie waren keine Familie, das war lediglich ein freundliches Wort. Die Baronesse war die Königin, sie gebot, er und Danija und vermutlich auch Jaro waren Bauern, die zu gehorchen hatten. Ohne ihn aus ihrem Blick zu entlassen, fuhr sie mit der schwarzen Königin vor, bis diese direkt vor seinem König stand. Plötzlich begriff Bohdan aus dem Augenwinkel auch das Spielgeschehen. Die Bewegungen an der rechten Flanke hatten bloß der Ablenkung gedient, eine Finte, damit er eben das vergaß, worauf er sich hatte konzentrieren wollen, den Schutz seines Königs.

»Schachmatt«, sagte die Baronesse lächelnd, aber es war ein kaltes, überlegenes Lächeln. Sie stand auf, löschte das Licht und öffnete die Tür zu ihrem Privatraum. Bohdan stand wie angewurzelt in der Dunkelheit. Der Regen prasselte unablässig auf das Dach.

»Worauf wartest du?«, fragte die Baronesse im Befehlston.

Ohne dass er viel dazutat, bewegten seine Beine ihn in Richtung des Raums, in dem sich wie durch Geisterhand Kerzen entzündeten. Bohdans Hand hob sich und schob die Tür ins Schloss. Der Kerzenschein wurde durch einen großen Spiegel über einem Schminktisch verstärkt. Ein großes Himmelbett aus hellem Holz dominierte die eine Seite des Zimmers. Die Baronesse ließ sich auf einem Sessel daneben nieder.

»Komm«, forderte sie Bohdan auf, und er trat nahe an sie heran. »Und jetzt«, raunte sie, indem sie ihre Schenkel öffnete und das Kleid hochzog, »auf die Knie.«

Bohdan hatte keine andere Wahl, er gehorchte. Es war, als würde eine unsichtbare Hand sich auf seinen Hinterkopf legen und sein Gesicht auf das rote Dreieck zudrücken. Er öffnete den Mund, seine Lippen berührten die feuchte Scham. Er streckte seine Zunge heraus und hinein in den Schoß der Baronesse. Sie stöhnte auf, und er spürte ihre Stiefelsohle auf seinem Rücken, die ihn noch fester an sie zwang.

Stunden später lag er nackt und ausgelaugt neben der Baronesse auf dem Bett. Sie hatte Dinge mit seinem Körper angestellt, für die er nicht einmal einen Namen kannte. Auch sie war entkleidet, allein das fremdartige Collier um ihren Hals und den Armreif hatte sie nicht abgelegt. Ihre Brust glänzte vom Schweiß im Licht der Kerzen. Bohdan versuchte,

Worte dafür zu finden, wie er sich fühlte, aber es waren so viele Dinge zugleich. Er hatte den Eindruck, bestraft worden zu sein, er fühlte sich benutzt und irgendwie auch beschmutzt. Andererseits war er auch stolz, und er hatte noch nie solch eine taumelnde, intensive, alles andere vergessen lassende Lust verspürt.

Die Baronesse räkelte sich und schnurrte zufrieden wie eine große, gefährliche Raubkatze, die sich eben am Fleisch ihrer Beute gütlich getan hatte. Wollte sie noch einmal? Konnte er noch einmal?

Sie wandte sich ihm zu, betrachtete unverfroren seinen Körper und meinte schließlich in ganz sachlichem Ton: »Geh schlafen, Junge.«

Bohdan kletterte umständlich aus dem Bett, sammelte seine verstreuten Kleidungsstücke ein, hielt sie sich vor den Schritt und verließ, ohne sich noch einmal umzuschauen, den Raum. Der Ohnmacht nahe fiel er in sein eigenes Bett, und sogleich übermannte ihn der Schlaf.

Am nächsten Morgen wunderte sich Danija, dass Bohdan noch nicht wach war. Als sie das erste Tablett mit Geschirr hinauftrug, um den Frühstückstisch zu decken, fiel ihr Blick auf das Schachbrett. Sie ahnte sofort, was die Position der schwarzen Königin zu bedeuten hatte. Jetzt hatte Bohdan seine, ihrer aller Lage wohl endlich begriffen. Allerdings verspürte sie keine Genugtuung bei diesem Gedanken.

7. Kapitel

Die Luft war stickig und verraucht. Gegröle von Halbstarken am Tresen drang in die dunkle Ecke, in der Hank saß und aus einem Blechkrug Bier trank. Der Großteil der anderen Tische in der lausigen Kaschemme war ebenfalls besetzt. Kein Wunder, im Fort der Brigada Novy, das er gerade rechtzeitig vor Einbruch des Regens erreicht hatte, gab es sonst auch kaum etwas zu tun. Das Fort bestand aus umgebauten Lastwagen und Wohnmobilen, umgeben von einer hohen Mauer aus Wrackteilen. Ein schäbiger Ort, für schäbige Gestalten. Die halbwegs anständigen Leute lebten außerhalb der Mauer ein schlichtes, hartes Leben, bauten Getreide an oder züchteten Vieh. Das Fort war vor langer Zeit als Zufluchtsort errichtet worden, doch diesem Zweck diente es nicht mehr, da niemand es wagte, die Brigada Novy auf eigenem Grund und Boden herauszufordern. Der Rat der Ältesten hatte hier das Sagen, die meisten davon waren verbitterte, streitlustige, stets nur auf den eigenen Vorteil bedachte Greise, die Hank hasste, vor allem weil sie jede Form der Hurerei verboten hatten. Wahrscheinlich, mutmaßte er, während er einen großen Schluck des schalen Biers trank, bekamen sie selbst keinen mehr hoch und missgönnten deshalb den Jüngeren die Freude.

Nun, er war nicht zum Spaß hier. Er hatte einen Auftrag zu erfüllen, und wenn der erledigt war, würde er sofort wieder die Biege machen. War sein Name erst einmal wieder reingewaschen, wie die Baronesse ihm versprochen hatte, würde er als erstes nach Prak City gehen. Prak City – vermutlich der gefährlichste Ort in den Ödlanden, allerdings auch der, in der jede Sünde nicht bloß toleriert, sondern gefeiert wurde.

Diese beschissenen alten Drecksäcke, fluchte Hank stumm vor sich hin. Prostitution war verboten, Waffen hingegen nicht. Jeder Lümmel in der Kaschemme trug eine Knarre, zum Teil vollautomatische. Hank nahm sich vor, nicht zu viel zu trinken. Er hatte weiß Gott kein Interesse daran, sich von einem besoffenen Jungspund aus Versehen abknallen zu lassen. Überleben und wenn möglich einen guten Schnitt machen – so war es doch immer.

»Ich bin so frei«, riss ihn eine hohe Männerstimme aus seinen trüben Gedanken.

Hank wunderte sich nicht, dass der bis auf einen dünnen Kinnbart glatt rasierte Mann sich an ihn hatte anschleichen können, obwohl er den Raum einigermaßen im Auge behalten hatte. Dieser Mann mit dem blassen Gesicht, der schmalen Nase, gehüllt in enganliegende, dunkle Bikerkleidung, war schließlich nicht irgendein x-beliebiger Kerl. Er setzte sich Hank gegenüber, mit dem Rücken zu den lauten zwielichtigen Gestalten. Weder ein Zeichen von Unerfahrenheit noch von Kühnheit, er wollte damit zum Ausdruck bringen, dass *ihm* hier keine Gefahr drohte.

»Sieh an, sieh an, der Wanderer«, sagte der Mann mit einem dünnen Lächeln.

»Sieh an, der Nachtschatten«, erwiderte Hank trocken.

»Du musst diese Pissbrühe nicht trinken«, meinte der Nachtschatten und deutete auf den Blechkrug in Hanks Hand. »Hättest du dich den Wachen zu erkennen gegeben, hätten sie dich zu mir gebracht, und ich hätte dir einen guten, alten Scotch angeboten.«

»Dafür ist es ja hoffentlich nicht zu spät«, brummte Hank. »Außerdem ist mein Wagen – der sich hoffentlich in guten Händen befindet – ja nicht gerade unauffällig.«

»Wahrlich nicht«, stimmte der Nachtschatten grinsend zu. »Ein wirklich hübscher Dogdge«, fügte er hinzu, »war sicher nicht einfach, da ranzukommen.«

Hank sagte nichts, es stand noch eine Antwort aus. Der Nachtschatten rümpfte die Nase und meinte: »Deine Karre ist in guten Händen – solange du nicht vorhast, Ärger zu machen. Du hast doch nicht vor, Ärger zu machen, oder?«

Hank nahm einen Schluck, verzog angewidert das Gesicht und stellte den Krug wieder ab. Er lehnte sich zurück, verschränkte die Hände hinterm Nacken und erklärte: »Ich bin ein friedliebender Mann.«

»Nja, Wanderer, niemand behauptet etwas anderes«, meinte der Nachtschatten beschwichtigend, um in schärferem Ton fortzufahren: »Allerdings hat mir ein Vögelchen gezwitschert, dass du im Dienst der neuen Herrin von Stone Town stehst.«

Nun lachte Hank. »Wie lange kennen wir uns schon? Ich diene niemandem.«

»Mag sein«, stimmte ihm der Nachtschatten nachdenklich zu, »aber zum reinen Vergnügen bist du ja wohl auch nicht hier.«

Hank nahm die Hände aus dem Nacken und beugte sich langsam nach vorne. »Steht dein Angebot jetzt noch, oder nicht? Ich kann neugierige Vögelchen nämlich nicht ausstehen.«

Das Angebot stand noch. Hank folgte dem alten Bekannten durch den Schankraum und hinaus in die klamme Nacht. Sie hielten sich unter windschiefen Vorsprüngen, dürftig zusammengeschweißten Verschlägen und löchrigen Welldächern, trotzdem waren Hanks Hemd und Hose klamm, als sie die Behausung des Nachtschattens erreichten. Es war ein einigermaßen geräumiges Wohnmobil mit kleiner Veranda und einem angebauten Klohäuschen. Im Inneren war es ordentlich, aber das lag wohl vor allem daran, dass der Nachtschatten sich noch nie viel aus persönlichem Besitz gemacht hatte. Er klappte einen Tisch auf und holte eine Flasche aus einem Hängeschrank. »Mi casa es su casa«, sagte er höflich und lud Hank mit einer Geste ein, auf der Eckbank Platz zu nehmen.

Hank setzte sich und rieb sich die Hände, während der Nachtschatten zwei Gläser großzügig mit Whisky füllte. Waffen waren keine zu sehen, wie Hank aus dem Augenwinkel feststellte, aber das hatte nichts zu bedeuten. Er vermutete, dass sich unter seinem Hintern mindestens ein Samuraischwert befand, und auch, wenn es keine Anzeichen dafür gab, trug der Mann, der sich nun neben ihm niederließ, mit Sicherheit ein ganzes Arsenal an Messern und Dolchen am Körper. Ja, er musste wachsam bleiben. Sie kannten sich zwar eine halbe Ewigkeit, aber das bedeutete nicht, dass der Nachtschatten lange fackeln würde, wenn er den Eindruck bekam, Hank stünde seinen Plänen im Weg. Andererseits hatte es keinen Sinn, um den heißen Brei herumzureden.

Sie stießen an, und Hank meinte: »Du hast dich also entschieden mitzumischen.«

Sie tranken. Der Whisky war höllisch gut, er schmeckte torfig und salzig und im Abgang fruchtig und mild. Hank nickte anerkennend.

»In der Tat«, kam die späte Antwort des Nachtschattens, »die Allianz hat einen erfahrenen Anführer gesucht, und ich habe mich gemeldet.«

»Sie hätten keinen besseren finden können«, sagte Hank ehrlich.

Der Nachtschatten hob eine Augenbraue. »Das bedeutet nicht, dass nicht für einen weiteren Mann an der Spitze Platz wäre. Die Jungen sind viel zu versessen auf den Kampf, sie haben noch nicht verstanden, dass es dabei nicht um Spaß geht.«

»Ja«, stimmte Hank zu, »junge Männer sind dämlich, alte gierig und böse.«

Der Nachtschatten grinste. »Du hast dich kein Stück verändert.«

»Hab ich auch nicht vor«, brummte Hank. Er sah seinem Gegenüber in die kleinen, wachen Augen und fuhr fort: »Ich weiß dein Angebot zu schätzen, ehrlich. Es ist nur … ich arbeite lieber allein.«

»Kein Problem«, versicherte der Nachtschatten und hob abwehrend die Hände, »du bist ein freier Mann.«

Sie tranken und schwiegen einen Augenblick. Hank räusperte sich und sagte: »Aber apropos alte, böse Männer – wann findet sich der Rat das nächste Mal zusammen?«

»Seit wann interessierst du dich für Politik?«, fragte der Nachtschatten argwöhnisch und stellte sein Glas ab.

Hank blickte in seinen Whisky und dachte nach. Darüber, wie viel er seinem Gegenüber erzählen durfte und ob er im Zweifelsfall schnell genug war, um seinen Colt zu ziehen, ehe er ein Messer in der Kehle stecken hatte. Er kam zu einem Entschluss und sagte leise: »Legen wir die Karten offen auf den

Tisch. Ich bin nicht zum Urlaub machen hergekommen, aber ich verspreche dir, ich werde dir nicht in die Quere kommen.«

»Dein Auftrag hat nichts mit dem bevorstehenden Kriegszug zu tun?«, hakte der Nachtschatten misstrauisch nach.

»Nein«, entgegnete Hank, »und als Beweis meiner Aufrichtigkeit werde ich bis zum Ende der Regenzeit bleiben. – Solange du mich mit diesem Göttertrunk versorgst«, setzte er lächelnd hinzu und nahm einen weiteren Schluck. Das war nicht das, was er gewollt hatte, aber er musste dem Nachtschatten etwas anbieten, und auf die Schnelle war ihm nichts Besseres eingefallen.

Der bleiche Mann verzog keine Miene, aber das Rattern hinter seiner Stirn war förmlich zu hören. Auch Hank gab sich Mühe, ruhig zu erscheinen, insgeheim jedoch schoss ein Vorschub an Adrenalin durch seine Adern. Würde er schneller sein?

Er fand es nicht heraus, jedenfalls nicht in dieser Nacht. Der Nachtschatten nickte und die Anspannung verpuffte. »Sige.« Er lächelte. »Du wirst dich zwar tierisch langweilen, und meine Whiskyreserven sind auch nicht unerschöpflich, aber wenn du dein Wort gibst, können wir Freunde bleiben.«

»Du hast bereits mein Wort«, sagte Hank trocken.

Der Nachtschatten nickte erneut, schenkte nach, und die Gläser stießen mit einem hohen Klingen aneinander. »Der nächste Rat findet in drei Tagen auf einer vier Meilen östlich gelegenen Ranch statt.«

»Immer eine Freude, mit dir Geschäfte zu machen, Nachtschatten«, sagte Hank und trank sein Glas in einem Zug leer.

Drei Tage später lag Hank auf der Lauer und blickte durch ein mit Klebeband umwickeltes Fernglas, das er auf dem schäbigen Markt im Fort erstanden hatte. Der sandige Boden unter ihm war feucht, aber immerhin hatte am Nachmittag ein leichter Nieselregen den starken Guss vom Morgen und Mittag abgelöst. Die Ranch, die er nun seit über einer Stunde beobachtete, war leicht zu finden gewesen, nachdem er mit einer Handvoll Quintinos weitere Zungen gelöst hatte. Einiges hatte die Baronesse ihm schon gesagt, unter anderem, dass sein Zielobjekt eine verkrüppelte linke Hand hatte, und mit diesem Merkmal war es leicht gewesen, auch den Namen herauszufinden: *Arthur Legrand*, besser bekannt als: *Tata Arti*.

Die Ranch, ein langgezogenes Gebäude mit tiefem, von Moos bewachsenem Dach, lag noch immer still und verlassen da. Hank fror am Bauch, den Schenkeln und der Brust, und er wollte sich gerade auf die Seite drehen, als er eine Bewegung am Rande seines Sichtfeldes ausmachte. Tatsächlich, da kamen sie. Zwei Jeeps mit verlängerten, überdachten Ladeflächen rollten in geringer Geschwindigkeit über den schlammigen Feldweg zu seiner Rechten. Hinterdrein folgten drei Geländemotorräder, nun überholten sie die Jeeps und fuhren voraus zur Ranch. Es handelte sich offenbar um Leibwächter. Die drei Männer stiegen von ihren Bikes, nahmen ihre Gewehre von den Schultern; einer betrat das Gebäude, die beiden anderen schwärmten aus, um die Umgebung zu checken.

Hank verharrte regungslos und atmete erleichtert auf, als der eine Leibwächter, der in seine Richtung gespäht hatte, sich umwandte und neben dem Eingang der Ranch Stellung bezog. Jetzt hatten auch die Jeeps die Ranch erreicht. Hank kniff die Augen zusammen und spähte durch das Fernglas. Acht Personen stiegen aus, die Fahrer blieben sitzen. Zwei der Männer, die Maschinenpistolen umgegürtet hatten, spannten Regenschirme auf, und die sechs alten Herren schlurften unter ihrem spärlichen Schutz zum Eingang der Ranch. Hank konnte keine verkrüppelte Hand ausmachen, allerdings trugen vier der Alten auch Handschuhe. Sie verschwanden im Gebäude, die Tür schloss sich.

Hank seufzte leise. Er dachte darüber nach, wie er weiter vorgehen sollte. Er könnte sich einen der Bodyguards schnappen, die Scheiße aus ihm rausprügeln und ihn überzeugen, ihm zu sagen, wo er die alten Herren abgeholt hatte. Oder er könnte es mit Bestechung versuchen. Aber er hatte schon zu viele Quins für diesen lästigen Auftrag ausgegeben, und bei beiden Vorgehensweisen bestand die Möglichkeit, dass er verpfiffen wurde, und dann hätte er richtig Ärger am Hals. Ihm kam eine dritte Option in den Sinn, sie schmeckte ihm nicht, aber so lange er auch grübelte, es fiel ihm nichts Besseres ein.

Mit einem stummen Fluch rappelte er sich auf und schlich sich in geduckter Haltung in einem weiten Bogen an die Fahrzeuge heran. Dabei konnte er einen der Leibwächter, die draußen geblieben waren, sehen. Dieser hatte sich unter das Dach der Ranch zurückgezogen, dort saß er in der Hocke und schlug, sich vermutlich warme Gedanken machend, die Zeit tot. Hank behielt ihn im Auge, während er vorsichtig weiter vorrückte. Da es nichts gab, was ihm auf der letzten Strecke Deckung geboten hätte, legte er sich flach auf den Boden und robbte auf Ellbogen und Knien, bis er den hinteren Jeep erreicht hatte.

Erst jetzt ging ihm eine Schwäche seine Plans auf. Er hatte keine Ahnung, in welches der beiden Fahrzeuge Tata Arti einsteigen würde. Daran war nichts zu ändern, er hatte eine 50-Prozent-Chance und musste auf sein Glück vertrauen. Er zog sich unter das Fahrzeug und suchte nach Teilen, an denen er sich festhalten konnte. Probeweise stemmte er die Füße gegen Vorsprünge der Karosserie, griff mit beiden Händen um ein quer verlaufendes Rohr und hievte seinen Körper nach oben. Wenn er sich jetzt mit den

Ellbogen verkeilte … Ja, so würde es gehen. Er ließ sich wieder ab. Wie er so dalag, es allmählich dunkler wurde und der Regen wieder an Stärke zunahm, meldeten sich die alten Dämonen in seinem Geist zu Wort. Sie zeigten ihm Bilder von der längst vergangenen Zeit, in der er drauf und dran gewesen war, sich zu ändern und mit Lisbeth eine Familie zu gründen. Er als Vater, das war lächerlich – obwohl … Wenn die Welt eine andere wäre … Das waren ungute Gedanken, die einen nur runterzogen und einen Mann brechen konnten, gestand man ihnen zu viel Raum zu. Die Welt war, wie sie war. Sicher war sie früher besser gewesen, aber auch kein Paradies.

Mit einiger Mühe gelang es ihm, die Dämonen, die ihm noch ganz andere Dinge zuflüstern wollten, zurückzudrängen und an Marla zu denken. Marla aus dem Venus Inn war ganz Lust und Leiblichkeit, mit ihr verband er keine Schuldgefühle. Er liebte sie in Gedanken gerade zum dritten Mal, als sich die Tür der Ranch knarrend öffnete und Stimmen zu hören waren. Der Regen machte es Hank unmöglich, den Inhalt der Gespräche zu verstehen, aber ohne Zweifel näherten sich die Männer langsam. Jetzt sah er ihre Schuhe und Hosenbeine. Direkt neben ihm positionierte sich ein Paar schwarze Stiefel, die ohne Zweifel zu einem der Leibwächter gehörten.

»Wir sehen uns dann Sonnabend«, sagte eine tiefe, alt klingende Stimme.

»Ich freue mich schon«, erwiderte eine andere, leicht näselnde Stimme, ein kleines Stück entfernt, »Dalibora macht den besten Braten in den gesamten Ödlanden.«

»Vorsicht, Arti«, meldete sich eine dritte zu Wort, »wenn das Eliska hört, warst du das letzte Mal unser Gast.«

Höfliches Alte-Herren-Lachen erklang.

Verfluchte Pisse!, schoss es Hank durch den Kopf. Er hatte sich das falsche Fahrzeug ausgesucht. So schnell und gleichzeitig so leise wie er konnte, drehte er sich auf dem Bauch um und zog sich an den Rand des Hecks. Etwa zwei Meter trennten die beiden Fahrzeuge voneinander. Er vermied es, sich vorzustellen, was mit ihm geschehen würde, sollten sie ihn auf dem Boden robbend entdecken. Einer der Leibwächter half gerade einem der Alten beim Einsteigen – jetzt! Das Herz schlug ihm bis zum Hals, aber er war unter das andere Fahrzeug geschlüpft, ohne dass man ihn bemerkt hatte. Die Türen über ihm schlugen zu und Hank beeilte sich Halt zu finden. Zum Glück war der Unterbau genau wie der des anderen Jeeps, und als der Motor angelassen wurde, hing er einigermaßen sicher am Bauch des Fahrzeugs.

Die Fahrt als blinder Passagier war alles andere als angenehm. Matsch spritze ihm von den Vorderrädern entgegen, und seine Unterarme waren bald taub, da seine Ellbogen mehrfach gegen Metall schlugen, wenn Steine und Löcher in der Straße den Jeep zum Holpern brachten. Hank war so damit beschäftigt, sich festzuhalten, dass er nicht mitbekam, wann sich die Wege der beiden Jeeps trennten, aber als die Fahrt nach einer gefühlten Ewigkeit langsamer wurde, war der andere Wagen verschwunden. Sie rollten einen Kiesweg hinab, und schließlich hielt der Jeep bei laufendem Motor an. Eine Tür öffnete sich und es erschienen erst ein paar Halbschuhe, dann ein Paar Kampfstiefel. Ein Schirm wurde aufgespannt.

»Danke, aber das ist nicht nötig«, meinte die Stimme, die Hank mittlerweile der Zielperson zuordnen konnte.

»Wie Sie meinen«, sagte eine zweite Stimme mit steifer Höflichkeit.

Die Kampfstiefel verschwanden und die Tür wurde wieder zugeschlagen. Immerhin dieses Mal hatte er Glück gehabt, dachte Hank. Er ließ sich auf den Boden nieder und rieb sich die Arme, um den Blutfluss anzuregen. Der Jeep fuhr an und ließ Hank zurück. Er wartete bewegungslos, den Blick auf den Mann gerichtet, der auf ein Haus mit kleinen Fenstern zuging. Jetzt war der Jeep weit genug entfernt. Hank stand langsam auf.

Das Haus, auf das der Mann zustrebte, war aus Stein, befand sich ansonsten jedoch in einem kläglichen Zustand. Die Fassade war an vielen Stellen abgebröckelt, und mehrere Fenster im ersten Stock verunzierten lange Risse. Hank stand einen Moment lang einfach da und ließ sich vom Regen duschen, aber der war nicht stark genug, den Zorn von ihm abzuwaschen. Er hatte einiges erdulden müssen, um hierher zu kommen, und nun kroch der senil wirkende alte Mann langsam wie eine Schildkröte voran und machte es ihm damit so einfach. Hank setzte sich in Bewegung. Mit langen forschen Schritten folgte er den Spuren Artis. Als dieser mit zittriger Hand einen Schlüssel aus der Tasche holte und ihn ins Schlüsselloch steckte, hatte Hank ihn erreicht. Er packte ihn an den Schultern, riss ihn herum und knallte ihn mit dem Rücken gegen die Tür.

»Herrgott!«, erschrak der Greis. »Was … was wollen Sie?«

»Deine Hand«, knurrte Hank und zwang den Alten gewaltsam, den Arm zu heben. Er zog ihm barsch den Handschuh aus und hatte eine seltsam verkrümmte Hand vor sich. Es waren alle fünf Finger vorhanden, aber sie waren klein und verkümmert, und das Handgelenk war widernatürlich verdreht.

»Und jetzt zeig mir die andere«, befahl Hank. Er rückte ein kleines Stück vom Alten ab, damit dieser die Hand frei hatte, um sie zu heben.

Der Atem des Alten ging stoßweise, aber es gelang ihm, mit den verkrüppelten Fingern den anderen Handschuh zu lösen. Eine ganz normale alte Hand kam zum Vorschein. Am Mittelfinger prangte ein silberner Ring, in den ein grüner Stein eingelassen war.

Hank lächelte und sagte: »Gib mir den Ring.«

»Das … das kann ich nicht«, erwiderte der Greis mit brechender Stimme.

Hank schnaubte wütend. »Den Ring, du alter, mieser Drecksack!«

»Wenn Sie bitte mit hineinkämen«, winselte der Alte, »es ist wirklich nicht so einfach, wie Sie glauben.«

Hank glaubte vor allem, dass der Alte ihn austricksen wollte, aber er zögerte, ihm den Ring mit Gewalt vom Finger zu reißen. Plötzlich wurde Hank bewusst, wie unwürdig die Szene war. Er räusperte sich und meinte: »Sige, wir gehen ins Haus.« Er senkte die Stimme und fügte hinzu: »Wenn da drin noch jemand ist, wenn du irgendwie versuchen solltest, mich zu verarschen, dann schwöre ich bei Gott, nehme ich den Ring samt deiner Hand mit. Kapiert?«

»Ja, natürlich«, beeilte sich der Alte zu sagen. »Ich wohne allein.«

Beim dritten Versuch gelang es ihm, die Tür aufzusperren, und sie betraten einen dunklen Flur. Sicherheitshalber öffnete Hank den Druckknopf am Holster, in dem der Colt steckte.

Arthur Legrand saß im Sessel, die Hand, die er sonst immer versteckte, über jener, an der sich der Ring befand. Ihm gegenüber hockte leicht nach vorn gebeugt der Fremde. Er hatte den angebotenen Tee ausgeschlagen und gab sich sichtlich Mühe, ruhig und gefasst zu erscheinen, doch Arthur spürte seine Ungeduld. Ohne Zweifel handelte er im Auftrag von Angelique Moreau, der alten Hexe. Niemand sonst in den Ödlanden wusste von der Macht des Ringes. Allzu viel hatte sie dem Fremden allerdings nicht verraten, das war offensichtlich. Wenn es ihm nur gelänge, etwas Zeit zu schinden …

»Dürfte ich Ihren Namen erfahren?«, fragte Arthur, wobei er sich Mühe gab, so zerbrechlich und schwach wie möglich zu klingen.

»Man nennt mich den Wanderer«, grollte der großgewachsene Mann, der aussah, als hätte er ein Schlammbad genommen und der seinen Besuchersessel beschmutzte.

Arthur tat erstaunt. »Der Wanderer! Meine Güte, Sie sind bekannt und gefürchtet. Es ist mir eine …«

»Ja, ja«, fiel der Wanderer ihm ins Wort, »kommen wir zurück zum Punkt. Gib mir den Ring, und ich verschone dich. – Sofern du schwörst, niemandem von meinem Besuch zu erzählen.«

Arthur stieß einen tiefen Seufzer aus. »Wie ich schon sagte, das ist nicht so einfach, wie es Ihnen erscheinen mag. Dieser Ring erhält mich am Leben, wenn ich ihn abziehe, muss ich sterben.« Wenn man jemandem etwas vormachte, war es immer geschickt, so viel Wahrheit wie möglich unter die Lügen zu streuen. »Wenn Sie so gnädig wären«, fuhr Arthur fort, »mir etwas Zeit einzuräumen, könnte ich vielleicht einen Weg finden …«

Der Wanderer lachte heiser auf. »Erzähl mir doch keine Ammenmärchen«, schnaubte er.

»Es ist aber wahr!«, verteidigte sich Arthur in gespielter Verzweiflung. »Der Ring besitzt große Macht. Weshalb würde die Baronesse ihn sonst so dringend an sich bringen wollen?«

Ein Funke Unsicherheit mischte sich in den Blick des Wanderers. Das war gut. Er musste diesen Funken nähren. Arthur hatte die Kraft schon so lange nicht mehr angewandt. Vor zehn Jahren noch wäre es ihm ein Leichtes gewesen, eine Unterhaltung zu führen und parallel dazu einen Zauber vorzubereiten, jetzt kostete es ihn seine ganze Konzentration, vor allem, weil er nicht mehr an den Tribut gewöhnt war. Was nützte es ihm, den Mann zu überwältigen, nur um danach an dem Tribut zugrunde zugehen? Der Schweiß brach ihm aus, aber er würde es schaffen. Er brauchte nur ein wenig mehr Zeit.

»Madame Moreau, die Baronesse, arbeiten Sie schon lange für sie?«, stieß er zwischen zusammengepressten Zähnen hervor.

»Das geht dich einen feuchten Dreck an«, fauchte der Wanderer.

Innerlich amüsierte sich Arthur. Der Wanderer – er hatte ihn sich härter vorgestellt, aber nun saß er hier und ließ sich aus Mitleid und Anstand hinhalten. Lange würde er sich allerdings nicht mehr an der Nase herumführen lassen, seine Aura gewann an Entschlossenheit. Ja, bemerkte Arthur, gleich würde er aufstehen und sich den Ring mit Gewalt holen. Der Zauber war noch nicht gänzlich vorbereitet, und der Tribut würde einen hohen Preis fordern, aber er musste jetzt sofort handeln. Er holte tief Atem und spürte, wie die Macht des Ringes, den er als Fokus einsetzte, seinen Körper durchströmte. Automatisch richtete er sich im Sessel auf. Er sah wie der Wanderer sich anspannte, sein Blick wurde argwöhnisch, und seine Hand wanderte zu der Waffe an seiner Hüfte.

Du Narr, dachte Arthur, *es ist zu spät.* Er murmelte die geheimen Worte, die sein Meister ihm beigebracht hatte, hob die Hand und spreizte die Finger, dann ließ er die Kraft frei. Wie von einem Vorschlaghammer getroffen stürzte der Wanderer in den Sessel zurück. Benebelt griff er sich an den Kopf. Eigentlich hätte er zumindest ohnmächtig werden sollen. Panisch sprang Arthur auf. Die Kraft flutete noch immer durch seine Adern, und so gelang es ihm mit wenigen raschen Schritten die Küchenzeile zu erreichen. Er riss eine

Schublade auf und entnahm ihr ein langes Messer. Als er sich damit umwandte, blickte er in den Lauf des Colts.

Der Wanderer schwankte, und offensichtlich litt er an starken Kopfschmerzen, aber er hatte den Finger am Abzug. »Oh … ich …«, stammelte Arthur, »das ist ein Missverständnis.«

»Diese Zaubertricks haben bei mir noch nie gut funktioniert«, erklärte der Wanderer mit einem schiefen, kalten Grinsen.

»Ich …«, setzte Arthur an, brach jedoch ab, um neu zu beginnen: »Begehen Sie jetzt keinen Fehler. Ich biete Ihnen das Doppelte von dem, was die Baronesse Ihnen versprochen hat.«

Der Wanderer hob die Waffe ein kleines Stück, sodass sie auf Arthurs Herz zielte. »Mein Fehler war es, das nicht gleich zu tun.«

Er drückte ab. Arti bemerkte noch, wie er stürzte, dann hüllte ihn kalte Schwärze ein.

»Verdammte Scheiße! Verfluchte Kacke!«, ärgerte sich Hank, während er an dem Ring zerrte, der sich einfach nicht vom Finger des Toten lösen wollte. Wild sah er sich im Raum um, und sein Blick fiel auf die offene Schublade. Da, eine Geflügelschere, damit müsste es gehen.

»Du mieser, alter Wichser«, fluchte er auf die Leiche ein, während er die Schere ansetzte, um mit aller Kraft zuzudrücken. Nicht ganz, ein paar Sehnen verbanden den Finger noch mit der Hand. Noch einmal drückte Hank zu, und jetzt fiel der Finger mit dem Ring daran zu Boden.

»Das hätte auch anders laufen können«, murmelte Hank vor sich hin, indes er den Ring vom blutigen Fleisch fingerte, »aber nein, du verrückter, alter Arsch wolltest es ja unbedingt so haben.«

Er hatte den Ring, wischte ihn an der Anzughose des Toten ab und steckte ihn ein. Er stand auf.

»Alles gut«, sagte er zu sich selbst, »der Drecksack hat bekommen, was er verdient hat, und du hast, worum dich die Baronesse gebeten hat. Alles gut, alles erste Sahne.«

Müde schleppte Hank sich voran. Der Morgen graute trüb im Osten, und er korrigierte die grob eingeschlagene Richtung, die er seit einigen Stunden beibehalten hatte. Ohne Sterne am wolkenverhangenen Nachthimmel hatte er sich nicht eindeutig orientieren können. Er fühlte sich innerlich leer. Es war eine Weile her, dass er eine derart beschissene Nacht erlebt hatte. Angesichts des abgesäbelten Fingers war es unmöglich gewesen, einen natürlichen Tod zu fingieren, also hatte er ein Stück hinter dem Haus des Alten eine Grube ausgehoben – keine leichte Arbeit bei dem starken Regen. Als das Loch endlich tief genug gewesen war, hatte er die Leiche nach draußen gezerrt, sie in die Grube geworfen und die Erde wieder zurückgeschaufelt. Danach hatte er das Haus von allen Zeichen der Bluttat gereinigt und sich zuletzt eine Dose Bohnen, die er in einem Vorratsschrank gefunden hatte, auf dem Herd erhitzt. Beim Essen hatte er sich schäbig gefühlt – jetzt nach dem langen Marsch fühlte er sich nur noch ausgebrannt und leer. Früher hatte er solche Nächte besser weggesteckt, körperlich, aber auch emotional. Während er die Grube ausgehoben hatte, war ihm ihm immer wieder Bohdan in den Sinn gekommen. Bohdan, den er zurückgelassen hatte, Bohdan, den er an die Baronesse verkauft hatte, Bohdan, der eine bestimmte Saite in ihm angeschlagen und ihn kurzzeitig aus seiner Gleichgültigkeit gerissen hatte. Man konnte nicht leben, wie er es tat, ohne ein gewisses Maß an Gleichgültigkeit. Er erreichte eine Straße und folgte ihr nach Nordwesten. Die Straße würde ihn zurück zum Fort führen. Ja, beschloss Hank, er würde sein Versprechen, das er dem Nachtschatten gegeben hatte, halten. Er würde die Regenzeit abwarten und sich danach dem Kriegszug gegen Stone Town anschließen. Und wenn er in Stone Town war, würde er Bohdan fragen, ob er mit ihm kommen wollte, und wenn er es wollte, würde er ihn mit sich nehmen. Vielleicht hatte er ihm kein gutes Leben zu bieten, aber er würde sein Bestes geben.

8. Kapitel

Äußerlich hatte sich kaum etwas geändert. Bohdan lernte. Er lernte lesen, schreiben und rechnen, und die Baronesse unterwies ihn und Danija weiterhin in den arkanen Künsten. Nachdem sie beide den Heilungsspruch einigermaßen beherrschen, brachte die Baronesse ihnen eine geistige Verteidigung bei. Sie beschrieb den Spruch als mentale Faust, die einen Gegner benommen oder gar ohnmächtig werden lassen konnte. Auch der übellaunige Jaro setzte seinen Unterricht fort. Wann immer Bohdan danebenschoss oder sich ungeschickt beim Nachladen einer Waffe anstellte, wurde der Revolverheld nicht müde, sich immer neue, herabwürdigende Beleidigungen einfallen zu lassen. Bohdan beging allerdings nie wieder den Fehler, seine Kräfte einzusetzen. Diese Lektion hatte er gelernt. Von außen betrachtet war also beinahe alles wie vorher, auch dass die Baronesse ihn etwa jede dritte Nacht in ihr Bett befahl, hätte Bohdan an sich angenehm sein können, aber sein Gefühl hatte sich verändert. Ihm war klar geworden, dass er nicht freiwillig blieb, sondern ein Gefangener war, genau wie Danija. Sie waren nicht bloß die Schüler der Baronesse, sie waren auch ihre Diener, und das war eine Einsicht, die schwer zu ertragen war.

Er hatte schon im Bett gelegen und mit geschlossenen Augen versucht, zur Ruhe zu finden, als der Ruf der Baronesse sich in seinem Geist manifestierte. Er hatte keine Wahl, er musste ihm Folge leisten. Nur in Hose und Hemd tapste er auf nackten Sohlen durch die dunklen Räume, die Treppe hinauf und hinein ins Zimmer der Baronesse. Sie stand mit dem Rücken zu ihm vor dem Spiegel über dem Schminktisch. Kurz erschrak Bohdan. Für einen Augenblick hatte er geglaubt, im Spiegel ein altes, von Falten überzogenes Gesicht gesehen zu haben. Doch der Eindruck war in einem Sekundenbruchteil verflogen, und das gewohnte, kluge Antlitz der reifen, schönen Frau zwinkerte ihm zu.

»Schließe die Tür«, wies sie ihn an, »und dann komm her und hilf mir mit dem Kleid.«

Bohdan lockerte die Schnürung am Rücken der Baronesse. Es bedurfte keiner weiteren Anweisung, er musste nur ganz sacht ziehen, und das Kleid fiel zu Boden. Auch der nächste Schritt war bereits zum Ritual geworden. Bohdan ließ sich auf die Knie nieder, und die Baronesse drehte sich zu ihm um. Er wusste, was er zu tun hatte, und durch die konkreten Anleitungen seiner Herrin war er auch darin besser geworden.

Mit lahmer Zunge, müden Händen und einem leicht schmerzenden Hintern lag er auf dem Rücken neben der Baronesse, die eine dünne Zigarre rauchte. Der Sex mit ihr wurde keinesfalls langweilig. Ihr fielen stets neue Dinge ein, wie er sie anfassen sollte, aber es war nicht nur einseitig. Sie schöpfte auch Lust aus seiner Lust und erschloss pionierhaft Stellen an seinem Körper, von denen er nicht gewusst hatte, dass sie zu den erogenen Zonen zählten. Danach jedoch musste er oft an Danija denken, und das bescherte ihm ein schlechtes Gefühl.

Er wartete darauf, dass die Baronesse ihn entließ, aber das tat sie nicht, stattdessen sagte sie, ohne sich ihm zuzuwenden: »Ich will, dass du Jaro morgen Abend zu einem Treffen begleitest. Es handelt sich um ein geheimes und wichtiges Treffen. Bist du dazu bereit?«

»Habe ich eine Wahl?«, fragte Bohdan zurück.

Die Baronesse zog an ihrem Cigarillo und atmete langsam den Rauch aus, ehe sie ernst erwiderte: »In dem Fall durchaus. Wenn du hingehst, dann als mein direkter Vertreter.«

Nun drehte sie den Kopf in Bohdans Richtung, und er versank im Blick ihrer grünen Augen. Sie schmunzelte. »Du hast viel gelernt, es wird Zeit, dich der Welt zu zeigen.« Sie legte ihren Handrücken auf seine Brust. »Kann ich dir vertrauen?«

»Ja«, sagte Bohdan spontan und wunderte sich über die Inbrunst seiner eigenen Stimme.

»Das ist gut«, lächelte die Baronesse und fügte hinzu: »Ich erlaube dir, die Kraft einzusetzen, aber nur, wenn es sein muss.« Sie legte den Cigarillo in den bronzenen Aschenbecher auf ihrem Nachttisch und wandte sich Bohdan nun ganz zu. »Merke dir eines: Tu, was du tun musst, zeige jedoch niemals alles, was du kannst.«

Bohdan nickte.

Die Baronesse funkelte ihn an. »Enttäusche mich nicht.«

***

Am folgenden Tag war die Baronesse in der Blockhütte strenger als üblich. Sie ließ Danija und Bohdan alles wiederholen, was sie bislang gelernt hatten. Danija war Bohdan noch immer in jeder Disziplin überlegen, lediglich bei der geistigen Heilung konnte er ihr einigermaßen das Wasser reichen. Nachdem sie drei Stunden immer wieder die Lektionen wiederholt hatten, tat die Baronesse etwas, was sie nur sehr selten tat, sie lobte ihre beiden Schüler. Dabei fiel Bohdan auf, dass Danija, obgleich sie sich dagegen sträubte, stolz auf sich war, vielleicht auch ein wenig auf ihn.

Auf dem Rückweg zur Stadt ritt die Baronesse voraus, und Bohdan lenkte seine Stute neben das Tier, auf dessen Rücken Danija aufrecht saß

»Ich glaube, wir können sie schlagen«, sprach Bohdan sie ein wenig außer Atem an – er war noch immer kein guter Reiter.

Danija hob eine Augenbraue.

»Im Schach, meine ich«, erklärte Bohdan. Nun hatte er Danijas Aufmerksamkeit. Sie wandte sich ihm auf dem Sattel zu.

»Und wie?«, fragte sie.

»Ihre Springer sind ihre Geheimwaffe«, erwiderte Bohdan listig. »Sie setzt sie nur ein, wenn es sein muss, meist spät im Spiel.« Er klammerte sich an die Zügel, da seine Stute abrupt einer langen Pfütze auswich. »Ich habe mir folgende Taktik ausgedacht«, fuhr er fort, als sie wieder nebeneinander ritten, »am Anfang sollte man zentral vorrücken, es so erscheinen lassen, als würde man einen schnellen Sieg anstreben. Sie wird erst ihre Königin einsetzen, um einem Angriff auf den König zuvorzukommen, dann macht man Jagd auf ihre Königin. Das wird sie reizen und sie von den Flanken ablenken, wo man nebenher mit den Läufern eine Falle für die Springer vorbereitet. Der Rest ist klar, oder?«

Danija zog die Stirn in Falten. »Das klingt riskant, und man muss lange durchhalten.«

»Genau«, stimmte Bohdan zu, »das kannst du besser als ich. Deshalb musst auch du es versuchen.«

»Wir werden sehen«, sagte Danija vage, aber sie lächelte leise. »Heia!«, trieb sie ihr Pferd an, und sie schlossen zur Baronesse auf.

Nachdem alle sich frischgemacht hatten, kam man zu Kaffee und Kuchen zusammen. Die süßen Stückchen waren extra vom Bäcker gemacht worden, und

Bohdan kostete von allen ein wenig. Vor allem die Mohnschnecken hatten es ihm angetan. Sofern man Jaro überhaupt eine Gefühlsregung anmerken konnte, wirkte er leicht angespannt. Als er sich das letzte Stück süßes Gebäck in den Mund geschoben hatte, straffte er seine Haltung, und die Baronesse entließ ihn mit einem Nicken. Bohdan fragte sich, ob er selbst wegen des Treffens am Abend nervös sein sollte, doch da er nicht wusste, was ihn erwartete, entschied er, die Dinge einfach auf sich zukommen zu lassen.

»Spielen wir?«, fragte die Baronesse, aber es war eine rhetorische Frage. Danija und Bohdan räumten das Geschirr ab, zuletzt stellte Bohdan das Schachbrett auf den frisch gewichsten Tisch.

»Sofern es Euch recht ist«, sagte Bohdan, »sammle ich mich und überlasse Euch das Vergnügen.«

»Du entwickelst allmählich Manieren«, lobte die Baronesse, ehe sie zwei Figuren in die Fäuste nahm und Danija die Farbe wählen ließ. Danija spielte schwarz, die Baronesse weiß. Die Eröffnungszüge verrieten Bohdan, dass Danija die vorgeschlagene Taktik tatsächlich anwandte – zumindest in den Grundzügen. Sie ging subtiler vor, als Bohdan es sich vorgestellt hatte und als es ihm mit seiner bescheideneren Erfahrung möglich gewesen wäre, daher war er froh, dass sie und nicht er spielte.

Es gelang Danija, die Bedrohungen in den ersten zehn Zügen rechtzeitig abzuwehren und die Flanken langsam, aber beständig für den Gegenschlag vorzubereiten. Nun eröffnete sie die Jagd auf die gegnerische Königin, und wie vorausgesehen, reizte dieses Vorgehen die Baronesse, deren Mund zu einem immer schmaleren Strich wurde. Erst als ihr linker Springer sich in einer ausweglosen Situation wiederfand, begriff sie die Strategie. Aber da war es bereits zu spät, auch der zweite Springer fiel, und nun folgte ein zermürbendes Endspiel, in dem die Züge immer länger wurden, weil Danija wusste, dass die Baronesse geschlagen war, solange ihr kein Leichtsinnsfehler unterlief. Bohdan befürchtete schon, er würde dem Ausgang nicht mehr beiwohnen können, als Danija den weißen König endlich matt setzte.

Die Baronesse schaute erst das Spielfeld, dann Danija, dann Bohdan an und dann lachte sie laut aus voller Kehle. Sie klatschte in die Hände. »Gut gemacht!«, sagte sie anerkennend. »Ich weiß, ihr habt das gemeinsam ausgeheckt. Sehr schön.«

Bohdan traute dem Lob nicht so ganz und zwang sich zu einem Lächeln. Danija schien es ähnlich zu gehen, auch ihr Lächeln wirkte gekünstelt.

»Seid nicht so bescheiden, ihr beiden. Kostet den Triumph aus«, sagte die Baronesse, die ihre Stimmung bemerkt hatte. »Es war wirklich ein guter Plan. Er wird nicht noch einmal funktionieren, jetzt, da ich die Vorgehensweise kenne, aber ihr habt mich erwischt.«

»Danke«, entgegnete Bohdan, weil er nicht wusste, was er sonst hätte sagen sollen. In diesem Moment erschien Jaro auf der Schwelle. »Es ist Zeit«, knurrte er.

Das Lächeln der Baronesse verflog. Sie nickte Bohdan zu. »Denk daran, was ich dir gesagt habe.«

»Ja, Madame Moreau«, versicherte Bohdan und folgte dem Revolverhelden.

Der Zugwind war schneidend kalt, und Bohdan verkroch sich, so tief es ging, im Kragen seiner Jacke. Immerhin wurden sie nicht nass, weil der Wind ihnen direkt entgegenkam und der Regen dadurch nur gegen die Windschutzscheibe und das lederne Verdeck des Jeeps prasselte. Trotzdem, Bohdan fand, dass Seitenfenster eine gute Investition gewesen wären. Jaro, der am Steuer saß und die Gedanken seines Begleiters offenbar erraten hatte, murmelte: »Lass dir besser Eier wachsen, bis wir unser Ziel erreicht haben.«

»Wo fahren wir denn nun hin?«, fragte Bohdan nicht zum ersten Mal, und er wunderte sich, dass er diesmal eine Antwort erhielt.

»Wir wickeln ein kleines Geschäft ab.« Jaro hob das Kinn ein wenig an. Die knappe Geste sollte wohl ihrer Ladung auf der Ladefläche gelten. »Das Problem ist nur, dass sich die Vertreter der Organisation, mit der wir den Deal am Laufen haben – und überhaupt jeder Prak-Arsch für was Besseres hält. Dazu kommt, beim letzten Mal gab es … nja, sagen wir *Missverständnisse*.«

»Ich verstehe«, sagte Bohdan.

»Einen Scheiß verstehst du, Kleiner«, grollte Jaro. Nach kurzem Schweigen fügte er nicht weniger unfreundlich hinzu: »Die Baronesse scheint irgendwie was von dir zu halten, mir ist völlig schleierhaft, weshalb, und da ich die Operation leite, tust du, was ich dir sage.« Er sah Bohdan finster an. »Und ich sage dir, du hältst unter allen Umständen die vorlaute Fresse und überlässt mir das Reden. Kapiert?«

Bohdan nickte, und Jaro wandte seine Aufmerksamkeit wieder der vom Scheinwerfer beleuchteten Straße zu.

Es war nichts Neues für Bohdan, dass Jaro ihn nicht leiden konnte. Er versuchte, es nicht persönlich zu nehmen, denn Jaro schien ihm ein Mensch, der niemanden leiden konnte. Und so fuhren sie schweigsam durch die verregnete Nacht. Nach Stunden – wie vielen genau konnte Bohdan nicht sagen – bog Jaro von der Straße ab, und der Jeep holperte über eine steinige Piste. Jetzt war ein zerfallenes, langgezogenes, einstöckiges Gebäude auszumachen, davor standen beschriftete Säulen, aus denen Schläuche ragten. Jaro hielt zwischen den Säulen und dem Gebäude. Bohdan las die verwitterten Schriften auf den Säulen und dem Schild über dem Eingang des Gebäudes. Er schloss, dass dieser Ort einmal eine Tankstelle gewesen war. Ein Relikt der alten Zeit, als das Benzin endlos aus dem Boden sprudelte. One Shot Mike hatte ihm davon erzählt.

»Wir sind früh dran«, stellte Jaro fest und schaltete den Motor aus.

Großartig, dachte Bohdan ironisch, jetzt durfte er noch mehr Zeit mit dem mürrischen Revolverhelden verbringen. Er zog die schlanke, schwarz-metallene Pistole, die Jaro ihm vor der Abfahrt gegeben hatte, aus dem Gürtel. Sie war leicht und lag gut in der Hand.

»Wieso«, fragte Bohdan, »trägst du einen alten Revolver, wenn wir auch solche modernere Waffen besitzen?« *Und wieso lässt du mieser Sadist mich mit einer alten Flinte durch Kimme und Korn schießen lernen, wenn es auch Zielfernrohre gibt?*, dachte er, sprach es jedoch nicht aus.

Jaro zückte seinen Revolver und ließ ihn einmal durch die Hand wirbeln. Lächelnd betrachtete er die von Öl glänzende Waffe. »Erstens, weil ich cool bin«, lautete Jaros späte Antwort, »zweitens zieht man mit einem alten Eisen immer noch schneller – natürlich nur, wenn man es drauf hat. Drittens …« Er unterbrach sich, und nun sah auch Bohdan die sich nähernden Scheinwerfer.

Schnell steckte Jaro den Revolver wieder ein und erinnerte knurrend: »Du machst nichts. Du stehst

einfach nur da und versuchst, gefährlich auszusehen.«
Er sah Bohdan abschätzig an und fügte hinzu: »Oder
im deinem Fall, versuch, wie ein Mann auszusehen.«

»Und wenn es Schwierigkeiten gibt?«, hakte Bohdan
nach, während er die Pistole ungeschickt zurück in
den Gürtel schob.

Jaro grinste wölfisch. »Auf Blei antworten wir mit
Blei. Wenn ich ziehe, schießt du so viele der Bastarde
nieder, wie du kannst.«

Bohdan schluckte. Sie öffneten die Türen und stiegen aus dem Jeep.

Drei schwarze Wagen fuhren vor. Wagen, wie Bohdan noch nie welche gesehen hatte. Sie waren kantig und lang, hatten verdunkelte Scheiben und waren alles in allem von einer düsteren Eleganz. Jaro lehnte, die Daumen im Gürtel, an der Motorhaube des Jeeps, dessen Scheinwerfer die Limousinen erhellten. Bohdan stand unsicher neben dem Revolverhelden und hatte den unguten Eindruck, dass dieser sich auf das bevorstehende Treffen freute.

Wie auf einen geheimen Befehl hin taten sich die Türen der Limousinen gleichzeitig auf, und heraus stiegen hochgewachsene, finstere Gestalten. Insgesamt waren es sechs, darunter eine Frau, aber es war nicht zu sagen, ob weitere Personen in den Wagen zurückgeblieben waren. Alle trugen schwarze Anzüge, weiße Hemden und Sonnenbrillen, bis auf die Frau, die ihre langen blonden Haare zu einem strengen Zopf gebunden hatte; sie trug ein graues Kostüm mit dünnen weißen Nadelstreifen. Bohdan hatte den Eindruck, dass alle sechs sich merkwürdig langsam bewegten, während sie in einer Keilformation Aufstellung bezogen. Die Frau stand an der Spitze, rechts neben ihr ein Mann mit breiter Brust, lässig eine für ihn zu klein wirkende Maschinenpistole in der Hand. Links der Frau setzte sich ein Schnurrbärtiger einen Zylinder auf den Kopf, den er zuvor in der Hand gehalten hatte. Sogleich erregte vor allem dieser Kerl Bohdans Aufmerksamkeit. Von der Frau abgesehen, war er der einzige, der nicht offen eine Waffe trug. Die schwarzen Gläser seiner Sonnenbrille verbargen seine Augen, aber Bohdan spürte den stechenden Blick dennoch, und seine Instinkte sagten ihm, dass er von allen der Gefährlichste war. Der Mann lächelte Bohdan zu, was Bohdan erschaudern ließ. Er versuchte, sich nichts anmerken zu lassen, und wartete, was Jaro tun würde. Jaro allerdings tat erst einmal gar nichts, außer sich von der Motorhaube abzufedern und einen halben Schritt nach vorne zu gehen. Obwohl Bohdan den Revolverhelden nicht ausstehen konnte, bewunderte er doch dessen Gelassenheit.

Endlich erhob die Frau das Wort. In einem Akzent, den Bohdan nicht kannte, fragte sie laut: »Habt ihr die Ware?«

Jaro entgegnete ohne Eile: »Wären wir sonst hergekommen?«

Die Frau sog scharf Luft ein, um zischend zu erwidern: »Sag du es mir, Neunfinger. Ist ja nicht so, als könnte man sich auf das Wort deiner Chefin unter allen Umständen verlassen. Wenn wir gerade dabei sind, wo steckt die sogenannte Baronesse überhaupt?«

Jaro zuckte gelassen mit den Schultern. »*Unter allen Umständen* kann man sich auf niemandes Wort verlassen. Es ist immer möglich, dass einem Unerwartetes dazwischenfunkt.«

Schweigen. Eiskaltes Schweigen.

»Du hast meine Frage nicht beantwortet«, stellte die Frau bissig fest.

Es war nur eine ganz leise Bewegung, eigentlich war es noch nicht einmal eine richtige Bewegung, lediglich eine kleine Verlagerung des Gewichts von Jaro, das Bohdan jeden Muskel im Körper anspannen ließ.

»Weil es eine dämliche Frage war«, sagte Jaro tonlos. »Sie ist nicht hier und Punkt. – Vielleicht will sie deine hässliche Visage nicht sehen, Alba«, fügte er humorlos hinzu, und Bohdan war nun restlos sicher, dass dieses Treffen keinen guten Ausgang nehmen würde.

Er musste etwas unternehmen, und zwar schnell. Aber was?

»Es ist doch so ...«, sagte er; das Herz schlug ihm bis zum Hals, doch seine Stimme klang erstaunlich klar. »... wir haben etwas, das ihr wollt, und ihr habt etwas, das wir wollen. Da wird es uns doch sicher gelingen, eine Einigung zu finden.«

Die Frau sah ihn an, als würde sie ihn jetzt erst wahrnehmen.

Jaro knurrte mit unterdrückter Wut: »Wir sind uns bereits im Vorfeld einig geworden.«

»Wer bist du?«, fragte die Frau, die Jaro Alba genannt hatte.

»Ich heiße Boh und vertrete Madame Moreau, die ihre Abwesenheit zutiefst bedauert.«

Alba lächelte. Sie blickte zu dem Mann mit dem Zylinder. Bohdan wurde übel. Er hatte das Gefühl, dass ein fremder Geist in seinen eindrang, ihn abtastete, ihn prüfte, um sich dann wieder zurückzuziehen. Der Mann mit dem Zylinder nickte.

»Gut«, sagte Alba, »ziehen wir die Sache durch.« Sie sah Jaro an und fügte hinzu: »Vor einem nächsten Geschäft will der Boss die Baronesse allerdings treffen, persönlich, versteht sich.«

Jaro schwieg, und Bohdan atmete innerlich erleichtert auf.

Alba machte einen Schritt zurück und wandte sich an den Mann ganz links, der ein wenig enttäuscht darüber schien, dass seine Combat Pumpgun nun doch nicht zum Einsatz kommen würde. Alba sprach leise, aber Bohdan verstand die Anweisung. Sie sagte: »Hol die Kisten mit dem Antidot.«

»Hey«, riss Jaro Bohdan aus den Gedanken, die ihm plötzlich durch den Kopf geschossen waren, »hilf mir mit der Ladung!«

Beide Parteien luden Kisten aus, um dann die im Austausch erhaltene Ware zu verstauen. Drei Kisten Antidot! Sie waren eher handlich, trotzdem konnte Bohdan es kaum fassen. Was sich in den wesentlich größeren Kisten befand, die in die Limousinen eingeladen wurden, wusste er nicht, aber das erschien ihm im Moment auch unwichtig. Drei Kisten Antidot, welch ein unermesslicher Reichtum! Der Inhalt einer Kiste allein würde die Free People auf Jahre hinweg vor Krankheitsfällen bewahren.

Als sämtliche Kisten die Besitzer gewechselt hatten, kam es noch einmal zu einer kritischen Situation. Zwei der Männer in Anzügen und Sonnenbrillen waren bereits in die Limousinen gestiegen, und Bohdan hatte den Eindruck, dass Jaro darüber nachdachte, diese Chance zu nutzen. Die Augen des Revolverhelden hatten sich verengt, und sein rechter Mittelfinger zuckte über dem Griff seiner Waffe. Ohne jeden Zweifel musste Jaro verdammt gut sein, sonst wäre er mit seiner Art nicht so alt geworden, aber er konnte nicht wissen, über welche Macht der Mann mit dem Zylinder verfügte. Irgendetwas bereitete dieser unheimliche Mann gerade vor.

»Es ist eine Freude, mit Ihnen Geschäfte zu machen«, sagte Bohdan rasch und etwas unbeholfen.

»Unsere Herrin wird sich mit Ihrem Boss in Verbindung setzen«, fügte er hölzern hinzu, wobei er den Stil seiner Worte den Geschichten, die er am Lagerfeuer gehört hatte, entlehnte. Er ignorierte den vernichtenden Blick Jaros und konzentrierte sich auf das ebenmäßige Gesicht Albas, das erneut lächelte.

»Du hast Mut, junger Mann«, sagte sie.

Der Mann mit dem Zylinder entspannte sich. Alba drehte sich halb um und richtete zum letzten Mal das Wort an Jaro und Bohdan: »Ich werde dem Boss mitteilen, was Boh, der Diplomat, von der Baronesse ausrichten lässt.«

Auf dem Rückweg war die Stimmung noch frostiger als auf dem Hinweg. Bohdan war bewusst, dass er sich mit Jaro nun endgültig einen Feind gemacht hatte, andererseits fühlte er Stolz in seiner Brust. Er hatte sich einen Wüstennamen verdient. *Boh, der Diplomat.* Er klang nicht gerade furchteinflössend, aber er gefiel ihm. Er passte zu ihm.

»Du kleine Mistratte verstehst gar nichts«, brach Jaro das Schweigen. »Man darf niemals Schwäche zeigen.«

Bohdans Blick schweifte durch die sie umgebende Finsternis. Es war sinnlos und unangebracht, Jaro über den Mann mit dem Zylinder aufzuklären.

»Vielleicht«, stimmte er halbherzig zu, »aber es war auch unnötig, die Geschäftspartner der Baronesse zu beleidigen.«

Jaro murmelte einen unterdrückten Fluch, und dies war ihr letzter Wortwechsel, bis sie im Morgengrauen Stone Town erreichten.

9. Kapitel

Das Ende der Regenzeit stand kurz bevor. Höchstens zwei heftige Schauer pro Tag gingen noch auf die Ödlande nieder, und im Gebiet der Brigada Novy rüstete man sich zum Krieg. Die Jungen schlossen sich an, um sich zu beweisen, die Älteren waren auf Beute aus. Hank stand auf der Mauer und war erstaunt, wie viele aus den umliegenden Gehöften und Weilern gekommen waren. Das Fort hatte nicht ausreichend Platz geboten, deshalb waren Zelte vor den Mauern aufgeschlagen worden. Hank zählte über dreißig. Pferde wieherten im Morgenlicht, und die ersten Mechaniker machten sich an ihre Arbeit, die darin bestand, unterschiedlichste Wracks wieder fahrtüchtig zu machen. Eine funktionierende Logistik war die Grundvoraussetzung für einen Feldzug in den Ödlanden.

Bislang schien alles wie am Schnürchen zu laufen, und Hank fragte sich, ob er sich über den Ausgang dieses Kriegszuges getäuscht hatte. Gemeinsam mit der Sozialistischen Liga würde ein stattliches Heer gegen Stone Town vorrücken. Die Baronesse würde mehr als nur ein Ass im Ärmel benötigen, um diese Bedrohung abzuwehren. Das Klügste wäre es, überlegte Hank, noch heute in seinen Dodge zu steigen und sich auf den Weg zu machen, damit er sich seine Belohnung sichern konnte, bevor Feuer und Tod über

Stone Town hereinbrechen würden. Auf der anderen Seite der Waagschale lag sein Versprechen gegenüber dem Nachtschatten und die Frage, wie er Bohdan ohne Ablenkung aus Stone Stone schaffen könnte. Die Baronesse würde ihn nicht freiwillig ziehen lassen, soviel stand fest. Nein, es gab keinen anderen Weg. Er musste sich das Chaos und Durcheinander einer Belagerung zunutze machen. So müsste es funktionieren, ermutigte er sich selbst. Er und Bohdan würden überleben – und, wenn möglich, noch einen guten Schnitt dabei machen.

Diesmal sah er den Nachtschatten kommen. Er kletterte eine Leiter hoch und bewegte sich dann auf den aneinander geschweißten Metallplatten des Wehrgangs auf ihn zu. Seine Bewegungen erinnerten Hank wie stets an die eines Raubtiers.

»Nicht schlecht, was?«, sagte der Nachtschatten gut gelaunt mit Blick auf die Zelte, als er Hank erreicht hatte und sich mit den Händen auf die Balustrade stützte.

Hank murmelte eine Zustimmung.

»Wir werden Stone Town ganz schön einheizen«, fuhr der Nachtschatten grimmig fort, »und das ist längst noch nicht alles. Am Blutsee wird sich die Liga mit über vierhundert Mann anschließen, und wir haben noch für eine besondere Überraschung gesorgt.« Er machte eine kleine Wirkpause, ehe er ergänzte: »Die Baronesse wird untergehen, daran besteht kein

Zweifel, und wenn sie nicht mehr ist, braucht Stone Town einen neuen Verwalter.«

»Du meinst eine Marionette«, korrigierte Hank.

Der Nachtschatten lachte leise. »Du bist immer so negativ, Wanderer. Ich würde eher von einem Sheriff-Posten sprechen. Natürlich sollte der neue Mann unserer Allianz gewogen sein. Aber warum auch nicht? Gemeinsam würden wir den gesamten Braunstrom kontrollieren. Das würde Stabilität und Ordnung in die östlichen Ödlande bringen, und wir besäßen eine deutlich bessere Verhandlungsposition Prak City gegenüber. – Ich könnte ein gutes Wort für dich einlegen.«

»Du könntest dir mich als Sheriff vorstellen?« Nun war es Hank, der heiser lachte.

»Weshalb nicht?«, fragte der Nachtschatten drängend. »Dein Ruf und deine Fähigkeiten qualifizieren dich. Du wärst in der Lage, für Frieden zu sorgen.«

Hank überlegte kurz und schüttelte dann den Kopf. »Stabilität, Ordnung, Frieden – das sind Illusionen. Selbst wenn es über ein paar Jahre gelänge, irgendwann kämen die Shedai-nai und würden alles wieder dem Erdboden gleichmachen. Nein, unsere Stärke und der Grund, warum wir überhaupt noch existieren, liegt gerade darin, dass wir all das nicht haben. Ich dachte, das wüsstest du, Nachtschatten.«

»Die Dinge ändern sich«, zischte der Nachtschatten, wütend über diese Belehrung. »Du hast schon zu lange nicht über den Tellerrand hinausgeblickt. Es gab Schlachten, die gegen die Shendraks gewonnen wurden, und es gibt Bündnisse mit ihnen. Auch diese Mistkerle haben kein Interesse daran, ewig Krieg zu führen.«

»Bündnisse mit den Shedai-nai«, wiederholte Hank und ließ die Formulierung einen Moment lang im Raum stehen. »Hast du etwa vergessen, was sie uns angetan haben? Ich würde lieber wie ein Tier leben und ewig auf der Flucht sein, als mit diesen Teufeln einen Pakt einzugehen.«

»Und genau das wirst du«, schnaubte der Nachtschatten enttäuscht.

Schweigend schauten die beiden Männer dabei zu, wie das Lager unter ihnen zunehmend zum Leben erwachte.

***

Eine Woche später war im Saloon von Stone Town eine Versammlung einberufen worden. Bohdan, der neben Danija und Jaro am Tresen stand, schien es, als wäre die ganze Stadt gekommen, abgesehen von den Kindern. Die Männer und Frauen drängten sich im Schankraum, sogar oben im ersten Stock, wo ein Rundgang zu den Zimmern abging, standen Leute; dort machte Bohdan den Schneider aus, dem er seinen schicken Aufzug zu verdanken hatte. Furcht und Besorgnis stand den meisten ins Gesicht geschrieben. Die Gerüchte, dass ein Kriegszug gegen ihre Stadt vorrücke, hatten sich verdichtet. Gemurmel beherrschte den Raum, und auf manchen Mienen glaubte Bohdan auch Missmut und Ärger zu sehen.

Terez stand hinter dem Tresen und wusch Gläser ab. Als sich ihre Blicke kreuzten, zwinkerte sie Bohdan ermutigend zu. Links vor ihm an einen Stützbalken gelehnt stand Alene, die Frau, die den Wanderer und ihn im Venus Inn willkommen geheißen hatte. Sie war umringt von jungen, attraktiven Damen, darunter auch Samera, vor der er sich so blamiert hatte. Aber das war nicht der Grund, weshalb er verschämt wegsah. Ihre Anwesenheit war Bohdan peinlich, weil Danija neben ihm stand.

Die Baronesse hatte ein paar Takte mit einem breitschultrigen Mann gewechselt, nun kehrte sie an den Tresen zurück, beugte sich nach vorn und erteilte Terez rasche Anweisungen. Die Barfrau ließ vom Spülen ab und stellte flink kleine Gläser auf ein Tablett.

Die Baronesse wandte sich an Bohdan und gab ihm zu verstehen, dass er ihr eine Hand reichen solle. Er tat es und die Baronesse stieg auf den Tresen. Breitbeinig stand sie da, über alle erhoben, eine anmutige Herrscherin.

»Töchter und Söhne von Stone Town«, hob sie mit voller Stimme an, »ich danke euch, dass ihr so zahlreich erschienen seid. Es schmerzt mich, euch mitteilen zu müssen, dass die Gerüchte wahr sind. Eine Streitmacht von Neidern, Räubern und Söldnern rückt gegen uns vor. Sie sammeln sich am Blutsee, und es wird nicht mehr lange dauern, bis sie unsere geliebte Stadt, auf die wir stolz sind und die wir täglich mit unserem Schweiß erhalten, erreichen.«

Das Gemurmel wurde lauter. Furcht verzerrte die schlichten Gesichter. Eine Frau schluchzte. Die Baronesse hingegen lächelte, und in grimmiger Tonlage fuhr sie fort: »Ich weiß, dass ihr Angst habt. Aber beim ewigen Sand, der uns umgibt, bei der sengenden Sonne und dem Blut, das durch meine Adern strömt, ich verspreche euch, sie werden nicht bekommen, worauf sie aus sind!«

»Genau!«, stimmte ein Mann in der vordersten Reihe wütend zu.

Bohdan sah zu der Baronesse auf. Er hatte den Eindruck, dass ihre Gestalt gewachsen war. Handelte es sich um ein Trugbild, oder reichte ihre Stirn tatsächlich beinahe bis zur Decke?

»Wir werden unsere Stadt verteidigen!« rief die Baronesse. »Und ich verspreche euch, wir werden sie halten!«

Zustimmende Rufe erklangen, und geballte Fäuste reckten sich in die Luft.

»Ihr habt euch mir anvertraut, und ich habe geschworen, euch zu beschützen«, sagte die Baronesse in leicht gesenkter Stimme, immer noch laut und eindringlich genug, um auch das hinterste Ohr im Raum zu erreichen. »Diese ruchlose Bande wird teuer für ihr gieriges und maßloses Vorhaben bezahlen«, zischte sie mit lodernden Augen.

Bohdan entging nicht, dass die Stimmung nun endgültig kippte. Wo zuvor Furcht und Angst gewesen waren, zeigte sich jetzt Zorn und Kampfeswillen. Terez hatte soeben das letzte Glas mit Schnaps gefüllt und hob skeptisch eine Augenbraue, als sie Bohdans Blick bemerkte. Offenbar war sie die einzige im Raum, die nicht von der Rede entflammt war.

»Seid ihr bereit«, fragte die Baronesse in beschwörendem Tonfall, »seid ihr bereit, mit mir an eurer Seite gegen diese Bedrohung zu stehen und Stone Town bis zum letzten Blutstropfen zu verteidigen?«

»Ja!« – »Wir machen diese Bastarde fertig!« – »Bis zum letzten Blut!«, ertönten Rufe, aber das war der Baronesse nicht genug.

Sie breitete die Arme aus, und es war Bohdan, als könnte er ihre Umarmung spüren. »Ich fragte, steht ihr an meiner Seite?!«

Nun hatte sie auch Bohdan. »Ja!«, entfuhr es laut seiner Kehle. Der gesamte Raum war ein einziges Brüllen, selbst die Prostituierten aus dem Venus Inn hoben ihre Fäuste in die Luft.

»Dann trinken wir, auf den bevorstehenden Kampf und unseren Sieg!«, schloss die Baronesse ihre

Ansprache. Sie nickte Terez zu, die sofort reagierte und mit vollen Tabletts durch die Reihen ging. Die Männer und Frauen griffen nach den Gläsern und stürzten den Schnaps in ihre Kehlen. Auch Bohdan trank, Taumel hatte ihn ergriffen, und er spürte das Brennen in seinem Hals kaum. Plötzlich traf sein Blick den von Danija, und abrupt kühlte sein Gemüt ab. Er hatte sich getäuscht, nicht nur Terez war gegen die Worte der Baronesse immun. Danijas Gesicht war eine finstere Maske, in ihren dunklen Augen allerdings glaubte Bohdan Traurigkeit zu erkennen. Sie schüttelte leicht den Kopf. Es war nur eine winzige Geste, aber sie genügte, dass Bohdan wieder ganz er selbst war.

Die Baronesse stieg vom Tresen, nun schien sie wieder ihre normale Größe angenommen zu haben. Sie wandte sich an Jaro: »Dir obliegt die Organisation der Verteidigung. Halte die Leute beschäftigt, ich will nicht, dass sie Zeit zum Nachdenken bekommen.«

Jaro nickte grinsend.

Die Baronesse ging im Raum umher, schüttelte Hände, ließ Lob und Dank über sich ausschütten – kurz, sie zeigte die Präsenz einer geübten Anführerin. Auf dem Höhepunkt des Abends kam sie auf Bohdan zu und erklärte, sie würden nun gehen. Jaro und Danija blieben, auch Danija war offenbar mit einer geheimen Mission betraut worden, deren Zweck Bohdan allerdings nicht mitbekommen hatte. Er vermutete, sie solle die Kraft einsetzen, um die Gefühle der Meinungsführer im Auge zu behalten. Das war die neueste Übung, in der die Baronesse sie beide schulte, und Danija war ein Naturtalent. Bohdan war in der Lage, eine grobe Einschätzung der vorherrschenden Emotion eines Gegenübers abzugeben, aber den bestimmten Blick, der die Oberfläche durchdrang und auch vorgetäuschte Regungen durchschaute, den hatte nur Danija auf Anhieb gemeistert. Erst diesen Nachmittag hatte sie Bohdan angesehen und ihm auf die Nase zugesagt, dass ihn vor allem eine Emotion bestimme, nämlich Neugier, und dass diese Neugier ihn noch einmal in ernsthafte Schwierigkeiten bringen werde. Daraufhin hatte er sie angesehen und war nicht durch ihre Maske gedrungen. Aber vorhin, da hatte er einen kurzen Blick auf eine tiefe Traurigkeit erhascht, und je mehr er darüber nachdachte, während er neben der Baronesse herging, umso sicherer war er sich, dass Traurigkeit Danijas Grundemotion war. Ob sie sich wohl geschmeichelt fühlte, weil die Baronesse ihr gestattete, die Kraft innerhalb der Stadtmauer einzusetzen? Wahrscheinlich nicht, besondere Zeiten erforderten besondere Maßnahmen, das wusste Danija bestimmt besser als er. – Wo kam sie eigentlich her? Was war ihre Geschichte? Was hatte sie so traurig werden lassen?

Jetzt hatten sie die Villa erreicht. Die Baronesse wandte sich ihm zu und wies ihn zurecht: »Hör auf, an sie zu denken, wenn du mit mir zusammen bist.«

Bohdan erwiderte nichts, biss die Zähne zusammen und öffnete seiner Herrin die Tür. Sie schritt hindurch und steuerte geradewegs auf die Treppe zu. Bohdan eilte ihr nach. Ihm war klar, dass die Grundgefühle der Baronesse um Macht kreisen, und heute hatte sie sich an ihrer Macht berauscht. Jetzt würde sie ihn benutzen, um sich in dem Taumel zu suhlen, ihre Großartigkeit ausleben, um dann langsam die Spannung abzubauen und sich wieder zu erden. Und er würde ihr zu Diensten sein, aber nur mit seinem Körper. Sein Geist und seine Seele gehörten ihm, dachte er trotzig, als er ihr Zimmer betrat – und wusste insgeheim, dass er sich nur etwas vormachte.

***

Über dem Blutsee hing ein dichter Nebel. Die Sonne hatte beinahe ihre alte Kraft zurück, jetzt, da nur noch selten Wolken über den Himmel zogen, und ihre Strahlen hatte das Wasser des großen Gewässers zum Verdunsten gebracht. Hank saß, den Arm lässig aus dem offenen Fenster baumeln lassend, in seinem Dodge Charger, rauchte eine Zigarette und trank gelegentlich einen kleinen Schluck aus einer Coca-Cola-Dose. Sowohl die Kippen als auch die Coke hatte er sich vom Versorgungstransporter stibitzt. Das ganze bisherige Manöver war erstaunlich glatt vonstatten gegangen, was zweifellos dem akribisch vorbereiteten Plan des Nachtschattens zu verdanken war. Die Moral der Truppe war ebenfalls in Ordnung, und bislang verlief auch der Anschluss der Sozialistischen Liga so gut wie reibungslos. Immer mehr Armeejeeps und umgerüstete LKWs waren erschienen. Nachdem kleinere Rangeleien geschlichtet worden waren, war der Nachtschatten mit einigen anderen Befehlshabern zu Fuß verschwunden. Hank beneidete den alten Bekannten nicht. Es war sicher kein Spaß, die teilweise rivalisierenden Männer unter einer Fahne zu versammeln und Regeln zur Aufrechterhaltung der Disziplin zu vereinbaren. Die größte Herausforderung bestand zweifellos darin, Vertrauen zu stiften und Garantien dafür auszuhandeln, wie es mit Stone Town nach einer erfolgreichen Eroberung weitergehen würde.

Kurz kam Hank das Angebot des Nachtschattens in den Sinn. Wer den Sheriff-Posten erhalten würde, war sicher eines der Hauptverhandlungsthemen. Der Titel versprach Macht und Einfluss – Dinge, die Hank so viel bedeuteten wie ein Trog voll Pisse. Viel mehr als das kurze Liebäugeln mit dem Sheriffstern, nur um ein paar Wichtigtuer vor den Kopf zu stoßen, beschäftigte ihn die Frage, wie sich Stone Town gegen die Übermacht verteidigen würde. Wenn die Anführer, einschließlich des Nachtschattens, glaubten, die Baronesse würde es ihnen leicht machen, täuschten sie sich definitiv. Sie war immer für eine Überraschung gut; üble Überraschungen, die alle zuvor ausgeklügelten Pläne über den Haufen warfen, waren geradezu ihr Markenzeichen. Ob etwas an den Gerüchten dran war, dass sie über dunkle Hexenkünste verfügte? Es war durchaus vorstellbar, dass sie eine Mushanti war, überlegte Hank.

Ein seltsames Rattern war durch den Nebel zu hören. Es näherte sich. Bewaffnete Männer in abgewetzten Uniformen kamen aus den Transportern. Hank verschluckte sich an seiner Coke, als er das Geräusch zuordnen konnte. Auch er stieg aus dem Wagen, schnippte die Zigarette weg und versuchte, mit seinem Blick den Dunst zu durchdringen. Mit einem Mal schälten sich Konturen aus dem Nebel.

Zuerst tauchte ein langes Kanonenrohr auf und dann der Rest. Tatsächlich, ein Panzer! Die Schwaden umwölkten olivgrünes Metall, auf dessen Front das Emblem der Liga prangte. Die schwere Kriegsmaschine fuhr dicht an die Traube der versammelten Soldaten heran und hielt knapp vor ihnen. Die Luke öffnete sich, und ein Kopf mit rotem Stirnband erschien. »Artillerie meldet sich wie befohlen zum Dienst!«, rief der Mann, die Antwort bestand in einem lauten, siegessicheren Jubel.

Das also war die Überraschung, die der Nachtschatten noch im Fort der Brigada Novy angekündigt hatte. *Beeindruckend*, fand Hank, *wirklich beeindruckend.*

Bis zum Abend trafen immer mehr kleinere Kampftrupps ein. Einige kamen mit Jeeps, die meisten allerdings auf Motorrädern. Hank nahm im Stehen ein wenig schmackhaftes, aber nahrhaftes Abendessen ein, als ein Dreiertrupp Motorradfahrer eintraf. Einer von den Männern trug eine Flinte auf dem Rücken, er bemerkte Hank und kam auf ihn zu. Wegen des heruntergelassenen Visiers konnte Hank nicht erkennen, wer da mit weiten Schritten auf ihn zuhielt. Er legte die Gabel auf den Blechteller und ließ die Rechte zur Hüfte wandern. Es gab genug Männer in den Ödlanden, die noch eine Rechnung mit ihm offen hatten. Der Mann blieb zwei Meter von ihm entfernt stehen und zog seinen Helm ab. Hank brauchte einen Moment, das derbe Gesicht unter einem roten Haarschopf zuzuordnen, aber plötzlich hatte er es.

»Du bist der Kerl, der nackt an einen Baum gebunden war.«

»Angus«, bestätigte der Mann mit tiefer Stimme.

»Wir haben dich laufen lassen«, meinte Hank, dessen Hand über seinem Colt schwebte.

»Dein junger Freund hat darauf bestanden, mich zu befreien«, erinnerte Angus, »aber ich schulde auch dir meinen Dank.«

Hank entspannte sich.

»Wo ist er?«, wollte Angus wissen.

»Du meinst Bohdan?«, erwiderte Hank und schob sich eine Gabel Brei in den Mund. Er schluckte und schüttelte leicht den Kopf. »Er ist in Stone Town.«

»Was?«, schnappte Angus. »Du hast ihn in Stone Town gelassen? – Dir ist aber schon klar, dass dieses Nest bald ausgeräuchert wird, nja?«

Hanks Blick schweifte zu dem Panzer, vor dem junge Männer herumalberten. »Wahrscheinlich«, gab er zu. Er überlegte, ob er dem Söldner trauen konnte, und kam zu dem Schluss, dass es an sich keine Rolle spielte. »Ich habe vor, ihn da rauszuholen.«

Angus nickte, dann wandte er sich ab und ließ Hank allein zurück.

Am späten Abend war die Streitmacht offenbar komplett. Die verschiedenen Anführer hielten mehr oder minder feurige Reden und drohten Strafen für Regelverstöße und Ungehorsam an. Keine internen Streitereien, kein übermäßiger Alkohol- oder Drogenkonsum. Wie langweilig, fand Hank und zog sich in seinen Wagen zurück. Er kurbelte den Fahrersitz nach hinten, machte es sich bequem und schloss die Augen. Rasch kam der Schlaf über ihn. Er ruhte traumlos, bis er am nächsten Morgen von einer lauten, unfreundlichen Stimme geweckt wurde, die immer wieder dasselbe brüllte: »Abmarsch! Wir ziehen gegen Stone Town!«

Das Vorankommen gestaltete sich nervtötend langsam. Andauernd wurde auf die Rückkehr von Kundschaftern gewartet, damit der Kriegszug nicht in einen Hinterhalt geriet. Transporter machten schlapp und mussten gewartet werden. Und trotz der angekündigten Sanktionen kam es zu Streitereien. Kein Wunder, vor dem Bündnis waren die Brigada Novy und die Sozialistische Liga Rivalen gewesen, und es gab Fehden zwischen vielen Familien, die aufkochten, wann immer die Truppen sich mischten. Am dritten Marschtag sah der Nachtschatten sich gezwungen, ein Exempel zu statuieren und zwei Streithähne öffentlich auspeitschen zu lassen. Danach herrschte vorläufig Ruhe, und sie kamen etwas zügiger voran. Das Gebiet wurde Hank vertrauter; die Späher kehrten stets zurück und meldeten, dass keine Gefahr drohte.

Sie rasteten noch einmal am Fluss und schlugen danach einen Bogen in die Wüste ein. An einem heißen Mittag tauchte der niedrige Wall, der Stone Town umgab, in der Ferne auf.

***

Bohdans Blick ruhte auf dem begonnenen Schachspiel. Er ging seine Optionen durch und gelangte zu dem Schluss, dass es aussichtslos war. Er konnte den Ausgang lediglich um wenige Züge hinauszögern. Die

Frau, die das Spiel unterbrochen hatte, saß der Baronesse gegenüber. Sie sprach schnell und mit ehrfürchtig niedergeschlagenen Augen. Es handelte sich um eine Bittstellerin, die flehend für den Bau einer Kirche argumentierte. »Es wäre ein wunderbares Zeichen Eurer Güte, Sie würden ein Vorbild abgeben, gerade für die Jüngeren in unserer Gemeinde«, sagte sie.

Jaro, der im Schaukelstuhl saß, gab ein verdrießliches Schnauben von sich. Danija unterdrückte ein Gähnen. Auch Bohdan fühlte sich müde, die wiedererstarkte Sonne machte ihn träge.

»Nur Gott kann uns zum Sieg über die Heiden führen«, beharrte die Frau des Bäckers. Ihre Stimme hatte sich leicht verändert, sie war nachdrücklicher, fast inbrünstig geworden, den Blick hob sie jedoch nicht. »Wir müssen ihm dafür Ehre erweisen.«

Die Baronesse fächerte sich Luft zu, und Bohdan bemerkte, dass ihre Geduld schwand.

»Frau Svoboda«, setzte sie mit aller Milde an, die sie aufzubringen vermochte, »wie Ihnen sehr wohl bekannt ist, gibt es in unserer Gemeinschaft Anhänger verschiedener Religionen. Wir haben schlicht keinen Platz für eine katholische, eine protestantische Kirche, eine Synagoge, eine Moschee, einen Tempel und was weiß ich nicht alles. Daher ist es nur fair, wenn die Dinge bleiben, wie sie sind, und jeder die ihm zusprechenden Rituale bei sich zuhause praktiziert.«

»Nun«, schnappte die Bäckersfrau, »dann wenigstens eine Kapelle! Das ist doch wirklich nicht zu viel verlangt.«

»Doch, das ist es in der Tat«, erwiderte die Baronesse säuerlich. »Und Sie täuschen sich«, fügte sie in scharfem Ton hinzu, »nicht Gott wird uns den Sieg bringen, sondern …«

Lautes Glockengeläut unterbrach die Rede der Baronesse. Es war die Glocke der kleinen Schule, die bimmelte. Aber es war zu früh, die Glocke läutete niemals um diese Zeit. Erst als Menschen aufgeregt durch die Straßen rannten, begriff Bohdan. Das Läuten war eine Warnung. Der Feind war gesichtet worden. Jaro erhob sich, streckte sich und verließ die Terrasse.

Die Baronesse sagte ruhig: »Ich schlage vor, wir setzen dieses Gespräch ein andermal fort.«

Damit war die Bäckersfrau entlassen. Sogleich kam sie auf die Beine und lief hektisch los. Die Baronesse schmunzelte, und Stone Town machte sich gefechtsbereit.

Es gab keine Verhandlungen, die ersten Kugeln sausten durch die Luft, noch ehe Bohdan einen Blick auf die Angreifer erhaschen konnte. Wahrscheinlich wollten sie zuerst ihre Überlegenheit demonstrieren und dass sie es wirklich ernst meinten, bevor geredet wurde. Jetzt hatte er die Mauer erreicht, hinter der

Männer und einige wenige Frauen mit Gewehren in den Händen Aufstellung bezogen hatten. Jaro bellte Nachzüglern Befehle zu. »Du, dorthin!« – »Ihr da, haltet das Tor!« Trotz der einsetzenden Panik schien Jaro alles im Griff zu haben. Er koordinierte die Verteidigung bestimmt, aber mit einer erstaunlichen inneren Ruhe.

Bohdan spähte über die Mauer, und ihm stockte der Atem. So viele! Drei Regimenter formierten sich. Während das linke die Mauer und das Tor unter unregelmäßigem Beschuss hielten, errichteten die anderen beiden Barrikaden aus Autoteilen und anderen Metallstücken, die als Deckung dienen würden. Noch hatte Stone Town das Feuer nicht erwidert. Worauf wartete Jaro?

Die Transporter der Angreifer kamen zum Stehen, und noch mehr Bewaffnete strömten aus ihnen heraus. Noch einmal hielt Bohdan den Atem an. Hinter einem LKW, auf dem ein von Sandsäcken umgebener Geschützstand bereit gemacht wurde, tauchte ein Ding auf, das Bohdan noch nie zuvor gesehen hatte. Kurz glaubte er, es müsse sich um ein Ungeheuer aus dem Seuchengebiet handeln. Aber nein, es war eine Maschine, eine Kriegsmaschine. Das grüne Ungetüm fuhr vor die Regimenter und näherte sich der Mauer. Ein Mann verlor die Nerven und feuerte sein Gewehr ab. Wirkungslos prallte die Kugel vom Panzer des sich auf Ketten fortbewegenden Monstrums ab. Eine junge Frau, die im Venus Inn arbeitete, umklammerte ihre Flinte und begann, mit geschlossenen Augen zu beten. Das lange Rohr des grünen Maschinen-Ungeheuers richtete sich aus, die Schüsse erstarben und für einen langen Augenblick herrschte absolute Stille.

Bohdan schwitzte unter der Krempe seines Huts. Der Schweiß lief ihm in die Augen, und er musste blinzeln. Ohne Vorwarnung unterbrach ein lautes Krachen die Stille. Keine zehn Meter neben ihm explodierte die Mauer. Die drei Männer, die sich hinter dem Mauerstück verschanzt hatten, wurden buchstäblich auseinandergerissen. Ein Teil eines Arm landete direkt neben Bohdans Stiefeln.

»Gott steh uns bei!«, jammerte die junge Frau, die gerade im falschen Moment die Augen geöffnet hatte. »Wir werden alle sterben!«

Bohdan war entsetzt, aber er glaubte nicht, dass sie alle verloren waren. Die Feinde hatten ihre Macht demonstriert. Gegen dieses stählerne Ungetüm gab es keinen Sieg. Sie mussten kapitulieren und die Stadt übergeben. Der Panzer blieb stehen, und die Regimenter rückten vor. Es waren so viele. Jeeps, Motorräder, fahrende Festungen mit Schießscharten und MG-Ständen obendrauf. Dagegen standen vielleicht zweihundert Männer und Frauen, die sich an eine niedrige Mauer kauerten und sich auf Dächern hinter Giebeln versteckten. Es war geradezu lächerlich aussichtslos.

Hank hatte den Dodge hinter den Linien geparkt. Beim ersten Schuss der Panzerkanone war er zusammengezuckt. Er konnte nur hoffen, dass Bohdan nicht verwundet oder getötet worden war. Hastig kletterte er auf das Führerhäuschen eines LKWs. Oben angekommen zückte er sein Fernglas und suchte die Reihen der Verteidiger ab. Dort, die kleine Gestalt mit der Melone auf dem Kopf ... Erleichtert atmete er auf. Sein junger Freund war unverletzt. Er blickte sich um und richtete das Fernglas auf eine einsame Gestalt, die ohne jede Eile eine leere Straße hinabging. Die Baronesse. Jetzt würde sich zeigen, ob sie noch einen Trumpf im Ärmel hatte.

Sie war immer schön, im Moment allerdings war sie von einer atemberaubenden, schrecklichen und gebieterischen Schönheit. Sie musste nichts sagen, Bohdan reichte ihr automatisch die Hand, und die Baronesse stieg würdevoll auf die Mauer.

Das rechte Regiment hatte den Panzer überholt und war nun in Rufreichweite. Ein Mann in Uniform und mit einer roten Kappe auf dem Kopf trat vor und brüllte: »Legt eure Waffen nieder und händigt uns die Stadt aus, dann werden wir euch Gnade gewähren!«

»Gnade«, sagte die Baronesse höhnisch und so leise, dass nur die Umstehenden sie hören konnten. »Für euch wird es keine Gnade geben.«

Bohdan schauderte. Nun war ihm klar, was sie tun würde. Besondere Umstände erforderten besondere Maßnahmen. Sie reckte die Arme gen Himmel, und die Luft begann zu knistern. Bohdan schaute ihr von unten aus zu, sah, wie sich ihre Lippen bewegten, die Miene reinste Konzentration. Das Collier um ihren Hals begann zu leuchten, immer greller, bis das Strahlen heller als die Sonne wurde und Bohdan geblendet den Blick abwenden musste.

Und dann geschah es: Das stählerne Ungetüm erhob sich vom Boden. Es schwebte in die Luft, bis es etwa eine Höhe von vier Metern erreicht hatte. Ein Knirschen war zu vernehmen, erst leise, dann immer lauter. Die dicken Wände des Panzers wölbten sich nach innen. Die ganze Maschine wurde wie in der Hand eines Riesen zusammengequetscht. Eine Luke wurde aufgestoßen und eine Hand erschien. Wer immer das Pech hatte, in dem Monstrum zu festzusitzen, schrie entsetzlich, weil er von den ihn umgebenden Stahlmassen erdrückt wurde. Endlich verstummten die Schreie. Das Monstrum hatte seine Form verloren und war zu einem viele Tonnen schweren Klumpen geworden. Einen Moment hing es noch so in der Luft, dann machte die Baronesse eine herrische Handbewegung und das verunstaltete Ding raste auf das rechte Regiment zu.

Für eine Flucht kam der Angriff aus der Luft zu unerwartet. Eine Lawine aus Metall krachte in die eng an eng stehenden Männer, rollte über sie hinweg und zerquetschte alles unter sich. Aber die Baronesse war noch nicht fertig mit jenen Unglücklichen, die es gewagt hatten, sie herauszufordern.

Sie warf den Kopf in den Nacken, und ihre Hände formten sich zu Krallen. Bohdan erkannte die Auswirkung des Spruches, auch wenn er nicht gewusst hatte, dass so etwas möglich war. Zwischen den auseinanderbrechenden Gliedern der Belagerer entstanden Windhosen, Säulen wirbelnder Luft, die immer höher wuchsen und bald die Kraft haben würden, Männer und Fahrzeuge mit sich zu reißen.

Unter den Feinden herrschte nun vollkommenes Chaos. Männer rannten Schutz suchend umher, manche bestiegen ihre Fahrzeuge. Einige wenige versuchten, die Ordnung wiederherzustellen, darunter fiel vor allem einer Bohdan ins Auge. Es handelte sich um eine dunkle Gestalt in schwarzer Bikerkleidung. Jetzt huschte die Gestalt mit außergewöhnlich fließenden Bewegungen zu einem Jeep und zerrte einen älteren Mann aus der Beifahrertür. Der Ältere versuchte, sich zu wehren, offensichtlich hatte er Angst, aber der Jüngere zog ihn gewaltsam mit sich, verpasste ihm einen Stoß, hob eine fallengelassene Pistole auf und hielt sie dem Älteren von hinten an den Kopf. Noch ein Mushanti, wurde Bohdan klar.

Nun hatte auch die Baronesse ihn bemerkt, sie lachte höhnisch und richtete ihre Aufmerksamkeit auf ihn. Bohdan fühlte mehr, was vorging, als dass er es sah. Die Baronesse und der alte Mann lieferten sich eine Kraftprobe. Das geistige Duell dauerte nur eine kurze Weile, das Collier loderte erneut auf, die Baronesse schickte einen gebündelten Strom mentaler Kraft gegen ihren Widersacher, woraufhin diesem der Kopf platzte. Leblos sackte der kopflose Körper zu Boden, und der jüngere Mann dahinter fragte sich wohl einen Augenblick, ob er aus Versehen abgedrückt hatte.

Ohne Zweifel war dieser Mann kampferfahren. Obwohl er von oben bis unten mit Blut besprenkelt war, fasste er sich rasch wieder. Er brüllte etwas und schoss mit der Pistole in Richtung der Baronesse. Das Feuer wurde erwidert. Auch Bohdan legte mit seinem Gewehr zum Schuss an. Er suchte nach einem Ziel, aber als er eines gefunden hatte, drückte er nicht ab. Die von keinem Willen mehr gelenkten Wirbelstürme zogen Schneisen der Verheerung hinter sich her, viele Männer schossen, aber sie taten es lediglich, um ihren Rückzug zu decken. Die Schlacht war gewonnen.

Die Baronesse stieg von der Mauer herab und entfernte sich langsamen Schrittes Richtung Villa. Bohdan konnte nur erahnen, mit welch hohem Tribut sie innerlich zu ringen hatte.

»Komm, Bohdan«, erklang ihre Stimme schwach in seinem Geist.

Bohdan erhaschte einen letzten Blick auf den hektischen Abzug der Feinde. Es erschien ihm fürchterlich unnötig, dass jetzt noch jemand sterben musste, wo die Entscheidung doch bereits gefallen war. Beide Seiten feuerten weiter aufeinander, und einige Männer und Frauen sanken getroffen hinter der Mauer zusammen. Der Blutzoll der Angreifer fiel jedoch weitaus höher aus. Sie gaben nun leichte Ziele ab, und die Bürger von Stone Town wollten ihnen offensichtlich einen Denkzettel verpassen, den sie nicht so schnell vergessen würden. Bohdan schüttelte traurig den Kopf und eilte der Baronesse hinterher.

Jetzt oder nie!, dachte Hank, als die Tornados anschwollen und das Chaos perfekt machten. Rasch kletterte er von dem Führerhäuschen und rannte zu seinem Dodge. Er sprang hinein und ließ den Motor an. Vor ihm herrschte heilloses Durcheinander, und Kugeln spickten die Luft. Ein verirrter Schuss ließ das Fenster auf der Beifahrerseite splittern. Instinktiv duckte sich Hank und legte den ersten Gang ein. Ziemlich eindimensionales Vorgehen, dachte er, während er den Ort des Geschehens weitläufig umrundete. Aber bei einer solchen Übermacht war es den Anführern offensichtlich nicht nötig erschienen, von mehreren Seiten aus anzugreifen – und wer hätte damit rechnen können, was die Baronesse mit dem

Panzer anstellen würde? Das spielte nun alles keine Rolle mehr, für seine Zwecke war die Situation ideal.

Niemand bemerkte ihn, als er den Dodge nahe am Südteil der kleinen Stadt abstellte, und auch nicht, als er mit einem gewagten Satz über die Mauer sprang. Aber halt! Was war das? Ein letzter Schulterblick hatte Hank ein Motorrad gezeigt. Der Fahrer hielt neben dem Dodge und stieg ab. Es war dieser Angus. Sollte er doch machen, was er wollte, solange er ihm nicht in die Quere kam. Und das schien er nicht vorzuhaben, zumindest einstweilen nicht; Angus kletterte ein Stück weiter rechts über die Mauer.

Hank schlich eine Gasse entlang und blieb an der Ecke stehen. Er steckte sich eine Zigarette an und wartete, bis die letzten Schüsse verklangen. Doch auf das Schweigen der Waffen setzte keine Stille ein. Wehklagen und Schmerzensschreie erfüllten die Luft. Viele waren verwundet worden, und viele hatten Angehörige verloren. Hank sammelte sich, schnippte den Zigarettenstummel weg und trat auf die Straße. Niemand hielt ihn auf; alle, die ihm begegneten, waren mit sich oder mit der Versorgung von Verletzten beschäftigt. Mitten auf der Straße gehend hielt er auf die Villa zu.

Bohdan traute seinen Augen kaum. Er musste zweimal hinsehen, aber er war es tatsächlich. Der Wanderer kam auf die Villa zu, auf deren Terrasse die Baronesse aufrecht, die Form wahrend saß. Jaro hockte auf seinem Schaukelstuhl, Danija stand im Rahmen der offenen Eingangstür. Bohdan selbst saß neben der Baronesse und fragte sich, ob er träume.

Der Wanderer blieb in einigem Abstand stehen, hob den Kopf und sagte: »Boh … mein Junge, ich bin gekommen, um dich abzuholen. Wenn du willst, kannst du mit mir gehen.«

Automatisch war Bohdan auf den Beinen. Er vermochte nicht recht zu sagen, weshalb, aber er hatte Tränen in den Augen.

»Setzt dich sofort wieder hin«, zischte die Baronesse. Ihre Stimme klang erschöpft und gereizt zugleich.

Bohdan zögerte einen Moment lang, dann gehorchten seine Beine dem Befehl.

»Dachte ich's mir doch«, brummte der Wanderer, »du hältst ihn gegen seinen Willen fest.«

Die Baronesse schnaubte verächtlich, ehe sie gepresst hervorbrachte: »Mir ist gerade nicht danach, über den Begriff des freien Willens mit dir zu philosophieren, Wanderer. Wir haben eine Vereinbarung getroffen. Bohdan bleibt bei mir.«

»Nein«, konterte der Wanderer fest, »ich nehme ihn mit. Ob es dir nun passt oder nicht.«

Die Baronesse funkelte den Wanderer wütend an. Er hielt ihrem Blick stand. Fauchend sagte sie nur ein Wort: »Jaro.«

»Endlich ist es soweit«, murmelte der Revolverheld und erhob sich. Ohne Eile stieg er von der Terrasse, kam zwei Schritte auf den Wanderer zu, um sich dann rückwärts von ihm weg zu bewegen. Hank wandte sich ihm zu, und auch er machte einige Schritte nach hinten. In einer Distanz von etwa zehn Metern blieben die beiden Männer stehen. Ein klassisches Duell, begriff Bohdan, der wie angenagelt auf seinem Stuhl hockte.

Die beiden Kontrahenten standen sich breitbeinig gegenüber. Gleichzeitig legten sie die Hände an ihre Hüften, wo sie über den Griffen ihrer Waffen reglos verharrten.

Die Baronesse sog scharf Luft ein. Bohdan war klar, dass sie immer noch schwer mit dem Tribut zu kämpfen hatte. Bei den mächtigen Sprüchen, die sie gewirkt hatte, erschien ihm ihre äußerliche Gelassenheit wie ein Wunder. Aber die Baronesse war ihm im Augenblick gleichgültig. Der Wanderer, Hank, sein Freund war gekommen, um ihn mit sich zu nehmen. Er hatte sich in ihm getäuscht und bereute die verletzenden Worte, die er bei ihrem Abschied an ihn gerichtet hatte. Er war hier, um ihn aus der Knechtschaft der Baronesse zu befreien, und er riskierte sein Leben für ihn.

Die Zeit stand still. Hank bemerkte das leichte Zucken im Zeigefinger seines Gegenübers. Es war keine Nervosität, nur ein Überschuss an Adrenalin. Hanks letztes Duell lag viele Jahre zurück. War er noch schnell genug für einen, der sicherlich jeden Tag übte? Selbstzweifel waren in dieser Situation allerdings fehl am Platz. Er musste sich auf seine Instinkte verlassen.

»Hatte nicht gehofft, dass dieser Tag so bald kommt, Wanderer!«, rief Jaro streitlustig. »Ich knall dich ab, alter Mann, und mein Name wird in den ganzen Ödlanden gefürchtet werden!«

Hank nickte knapp, ehe er erwiderte: »Nja, und weil du das so siehst, wirst gleich *du* im Staub liegen. Dein Tod bedeutet mir nämlich rein gar nichts.«

Bohdan wollte eingreifen, seinem Freund helfen, aber er war wie gelähmt. Die Baronesse hielt ihn unter ihrem Bann.

Plötzlich erkannte Hank die bittere Wahrheit. Es war wie ein Erwachen aus einem Traum. Sein Zweifel war berechtigt. Sein jüngerer Gegenspieler würde schneller ziehen als er. Die nackte Angst klopfte an die Pforte seiner Seele – er wies sie ab. Er hatte lange genug gelebt. Aber der Teufel sollte ihn holen, wenn es ihm nicht gelang, Bohdan zu befreien. Dieser siegessichere Bastard würde schneller ziehen, aber Schnelligkeit hatte einen Preis, und darin bestand seine Chance. Es hatte keinen Sinn zu warten. Hanks Hand zuckte und bekam den Colt zu fassen. Er riss ihn hoch. Schmerz durchfuhr seine linke Brust. Jaro hatte aus der Hüfte geschossen und ihn getroffen. Ein guter Schuss, aber nicht gut genug. Die Kugel hatte das Herz knapp verfehlt. Hank biss die Zähne zusammen, seine Kraft schwand, doch sie reichte noch aus, um den Arm zu heben. Er zielte kurz und drückte den Abzug durch. Diesmal reagierte Jaro zu spät. Die Kugel traf ihn genau zwischen die Augen. Er stürzte rückwärts und landete hart auf der staubigen Straße.

Das Gewicht des Colts zog Hanks Arm hinab. Fest umklammerte er die Waffe und wankte auf die Terrasse zu. Er musste sich beeilen. Noch einmal den Arm heben, noch ein letztes Mal den Finger krümmen, bevor er an seinem eigenen Blut erstickte. Ein Nebel legte sich vor seine Augen, verschleierte ihm die Sicht, dennoch nahm er wahr, dass die Baronesse sich erhob. Sie klatschte in die Hände. Es war ein langsames und hämisches Klatschen.

»Lass den … Jungen … gehen«, keuchte Hank. Nein, die Kraft reichte nicht mehr aus, die Anstrengung war zu groß. Er konnte den Arm nicht mehr heben. Der Colt fiel ihm aus der Hand.

»Nein, ich denke nicht«, sagte die Baronesse in schneidender Klarheit. »Es ist ein Jammer«, fuhr sie ätzend fort, »ich habe dich immer gemocht, ja wirklich. Aber du bist auf deine alten Tage sentimental geworden. Nun ist Jaro tot, und du stirbst.«

Hank hustete und spürte wie Blut sein Kinn hinabrann. Er strauchelte.

Bohdan schluckte schwer. Reflexartig stand er auf, um seinen Freund zu stützen. Und tatsächlich, er kam auf die Beine. Er verstand, die Baronesse war so geschwächt, dass sie ihre Aufmerksamkeit nur auf einen von ihnen richten konnte, und gerade hielt sie den Wanderer davon ab, sie niederzuschießen. Seine Gedanken überschlugen sich. Das Collier um ihren Hals! Es versorgte sie mit Kraft. Blitzschnell traf er eine Entscheidung. Er konzentrierte sich, griff mit der Kraft hinaus und öffnete den Verschluss der Kette. Sie fiel von ihrem Hals ab und verhakte sich in der Bluse. Zornentbrannt wandte sich die Baronesse ihm zu – genau in diesem Augenblick traf sie ein mentaler Schlag. Danija! Auch sie hatte begriffen, dass sie wahrscheinlich nie wieder eine solche Gelegenheit bekommen würden.

Die Baronesse schüttelte sich kurz, dann fauchte sie wie eine Wildkatze. Ihre Hand schoss vor und legte sich um die Danijas Kehle. »So dankst du mir«, zischte die Baronesse und drückte noch fester zu. Dnaija wurde aschfahl im Gesicht.

Sie wird sie töten!, wurde Bohdan schaudernd klar. Er griff nach dem nächstbesten Gegenstand – es war der Stuhl, auf dem er eben noch gesessen hatte – holte aus und schmetterte ihn mit aller Wucht gegen den Schädel der Baronesse. Sie taumelte gebückt in Hanks Richtung, der mit einer letzten Kraftanstrengung den Arm hochriss und ihr somit einen

Kinnhaken versetzte, der sie bewusstlos zu Boden schickte.

Hank grinste und ging auf die Knie nieder. Bohdan rannte zu ihm und schlang die Arme um seinen Freund. Er war nicht stark genug, um den Oberkörper zu halten. So behutsam wie möglich ließ er ihn auf die Stufen der Terrasse sinken. Hank hustete Blut.

»Ganz ruhig«, sagte Bohdan, »ich kann dir helfen.«

Hank lächelte entrückt. »Es ist okay«, brachte er röchelnd hervor. Er sah Bohdan in die Augen und fügte hinzu: »Außerdem … bei mir haben diese … diese Mushanti-Tricks … noch nie … noch nie gut gewirkt.« Ein neuerlicher Hustenanfall schüttelte ihn. Er röchelte und spuckte Blut aus. So viel Blut. Bohdan biss sich auf die Lippen, und Tränen rannen ihm über die Wangen.

Hank suchte etwas in seiner Hosentasche, jetzt hatte er es gefunden. Er deutete mit seinem roten Kinn auf die geschlossene Hand und Bohdan umfasste sie mit seiner. Hank öffnete die Faust und Bohdan spürte zwei Gegenstände in sein Handfläche fallen. Er sah hin. Ein Autoschlüssel und ein silberner Ring mit einem grünen Stein.

»An der … Südmauer«, sagte Hank stockend. Er wollte Bohdan noch so vieles sagen, doch ehe er sich entscheiden konnte, was wirklich von Bedeutung war, umfing ihn eine eiskalte Schwärze und aller Schmerz verging.

Bohdan weinte und hielt seinen Freund fest umschlungen. Er wusste nicht, wie lange er so dahockte, geschüttelt von Weinkrämpfen. Eine sanfte Berührung an der Schulter brachte ihn zurück in die Wirklichkeit. Er sah auf.

Es war Danija, die über ihm stand. Ihre Miene drückte Mitgefühl, aber auch ein Drängen aus. Natürlich, wurde es Bohdan klar, sie mussten hier verschwinden. Allerdings nicht bevor … Er rappelte sich auf und sah auf die ohnmächtige Baronesse nieder. Ein unbändiger Hass stieg in ihm auf. Er wollte sich bücken, um den Colt aufzuheben.

»Nein!«, wies Danija ihn harsch zurecht. Sie kniete neben der Baronesse nieder und nahm ihr das Armband ab.

»Die Halskette«, keuchte Bohdan, der seine ganze Willenskraft aufbieten musste, den Tod seines Freundes nicht zu rächen.

»Nein«, sagte Danija noch einmal. »Wenn wir ihr das Collier stehlen, wird sie uns bis ans Ende der Welt jagen.«

Tot würde sie nichts dergleichen tun können, dachte Bohdan, aber er sprach es nicht aus. Er war kein Mörder, und Danija war die einzige Vertraute, die er jetzt noch hatte. Er schloss seine Faust, in der immer noch der Schlüssel und der Ring lagen. Er tat es so fest, dass die Knöchel weiß hervortraten.

»Los jetzt«, sagte Danija und zog ihn mit sich.

Sie eilten die Straße hinunter und wollten eben in eine Gasse abbiegen, als eine laute Stimme sie davon abhielt: »Hey, ihr da!« Zwei Männer mit Gewehren kamen auf sie zu. Der rechte nahm sein Gewehr in Anschlag. »Keiner verlässt die Stadtgrenze!«, knurrte der andere misstrauisch.

Sie hätten es fast geschafft, dachte Bohdan schaudernd, und nun war es vorbei, wegen zwei Männern, die ihnen zufällig über den Weg gelaufen waren. Er wollte gar nicht daran denken, welche Strafen die Baronesse sich für sie einfallen ließ. Vielleicht würde sie sie auch töten.

Urplötzlich huschte eine breite Gestalt aus der Gasse, stellte sich schützend vor Bohdan und ließ eine Pistole zweimal rasch hintereinander husten. Die beiden Männer, die sie hatten aufhalten wollen, gingen zu Boden. Die Gestalt drehte sich um, und Bohdan erkannte sofort Angus, dessen Leben er vor einer gefühlten Ewigkeit verschont hatte. Es gelang ihm nicht zu lächeln. All dieser Tod. Er wollte nur noch weg, weit weg.

»Folgt mir«, brummte Angus mit einem argwöhnischen Blick auf Danija, dann ging er voran, und sie folgten ihm die Gasse hinunter. An ihrem Ende kletterten sie über die Mauer. Als alle drei sie überwunden hatten, kauerten Bohdan und Danija sich hinter den niedrigen Wall, während Angus sich umblickte.

Angus zog den Kopf ein und murmelte: »Sieht gut aus. Machen wir uns aus dem Staub.«

»Augenblick!«, sagte Bohdan. Er betrachtete den Schlüssel in seiner Hand, der zweifelsohne zu dem Wagen passte, der keine hundert Meter entfernt auf sie wartete. Er dachte kurz nach, dann sagte er: »Angus, du schuldest mir noch einen Gefallen.«

»Was glaubst du, warum ich hier bin«, erwiderte der Mann glucksend.

»Wir schaffen das alleine«, sagte Bohdan fest mit einem Nicken in Richtung des Wagens. »Es gibt etwas anderes, um das ich dich bitten möchte.«

Angus verdrehte die Augen, ehe er schnaubte: »Und zwar?«

Bohdan holte tief Luft. »Ein Stück neben der großen Villa liegt ein Schuppen. Unter dem Stroh auf dem Boden befindet sich eine Luke zu einem versteckten Lagerraum.«

»Aha«, grollte Angus wenig begeistert.

Bohdan fuhr fort: »Darin findest du zwei Kisten voller Antidot. Wenn du eine davon zu den Free People bringst, werden sie dich reich belohnen.«

Die Stirn des starken Mannes legte sich in Falten, aber schließlich war ein Funkeln in seinen Augen zu sehen.

Bohdan setzte hinzu: »Mit der anderen Kiste kannst du machen, was du willst.«

Angus lachte kurz leise auf. »Abgemacht, aber damit sind wir quitt.«

Bohdan nickte.

Angus lugte über die Mauer und wandte sich noch einmal an Bohdan: »Gute Reise, Junge. – Euch beiden.« Mit einem Sprung setzte er über die Mauer und war verschwunden.

Bohdan blickte Danija an. Gleichzeitig standen sie auf und eilten zu dem Dodge Charger.

Epilog

Der Motor kreischte, und Bohdan schaltete ungeschickt einen Gang hoch. Seine Fahrkünste waren mehr als überschaubar, aber Danija hatte gesagt, sie habe kein Händchen für Maschinen, und ganz allmählich gewann Bohdan ein grobes Gefühl für den Wagen. Den Wagen in den Griff zu bekommen, bedeutete außerdem eine gute Ablenkung. Es war so viel geschehen, und er würde lange brauchen, um die hinter ihnen liegenden Ereignisse und Erfahrungen zu sortieren. Die Richtung war klar. Sie fuhren über eine sandige Landstraße gen Süden. Das Ziel hieß Prak City.

Der Dodge hatte nun maximale Geschwindigkeit erreicht. Bohdan war tief in den Sitz gesunken, um das Gaspedal bis zum Anschlag durchgedrückt zu halten. Die Haltung war unbequem, aber da er gerade nichts zu tun hatte, suchten ihn Bilder und Fragen heim. Der Wanderer, der in seinen Armen gestorben war. Er vermisste ihn. Zuvor hatte er ihn auch lange nicht gesehen, doch es war etwas anderes zu wissen, ihm nie wieder zu begegnen. Und dann die Baronesse. Würde sie sie verfolgen? War es richtig gewesen, sie am Leben zu lassen? Als letztes Glied in der Kette seiner Gedanken kamen die Zweifel, auf ihre Zukunft bezogen. Wie würde man sie in Prak City empfangen? Würde es ihnen gelingen, sich durchzuschlagen?

»Was hinter uns liegt, ist Vergangenheit«, sagte Bohdan, um sich selbst zu ermutigen. »Wir fangen ganz von vorne an.«

Danija schlug ihm auf den Arm.

»Aua«, sagte Bohdan und rieb sich die schmerzende Stelle.

»Du Baichi«, meinte Danija neckend, »wohin man auch geht, sich selbst nimmt man immer mit.«

Sie hatte ihn falsch verstanden. Er hatte überhaupt nicht vor, sich selbst zurückzulassen. Nein, er wollte mit all seinen jüngst gemachten Erfahrungen weiterziehen, um neue zu machen – um noch mehr zu lernen, über die Welt, sich selbst und die Mushanti-Kräfte. Und auch über Danija, die ihn im roten Schein der Abendsonne herausfordernd anlächelte.

Ja, bald würde es dunkel werden in der ewigen Wüste der Ödlande. Sie würden rasten und am nächsten Morgen in der Dämmerung weiterfahren, weiter gen Süden und Prak City.

Die Fortsetzung

Bohdan, der junge Held der Geschichte, sucht sein Glück in der letzten großen Stadt der Ödlande. Aber Glück ist es nicht, was er in Prak City findet.

Die sechs großen Häuser, welche die Stadt beherrschen, steuern auf einen Krieg zu. Bohdan und Danija geraten mitten hinein in ihr Netz aus Intrigen.

Als ein Shedai-nai sich in die Angelegenheiten der Menschen einmischt, die wilden Stämme im Osten eine günstige Gelegenheit wittern und eine geheime Loge ein mächtiges Ritual wirkt, eskaliert die Lage und es kommt zur *Nacht des Schreckens*. Bohdan muss all seine erlernten Fähigkeiten einsetzen, um sich und seine Freunde zu retten und die Stadt vor dem sicheren Untergang zu bewahren. Doch er ahnt nicht, welche Gefahr tief unter der Stadt lauert und darauf wartet, geweckt zu werden.

Band 1 der großen Endzeit-/Cyberpunk-Reihe

Wir schreiben die Jahre 2038-2060. Dunkle Jahre sind es, Jahre des Chaos, Jahre der Umwälzungen. Megakonzerne haben die Macht an sich gerissen und die Rolle der früheren Regierungen zu den größten Teilen übernommen. Kartelle und Banden beherrschen die Straßen. Die Welt steht am Abgrund. Zwischen Licht und Schatten, zwischen Gut und Böse kämpft der Stand der Gossenhüter ums Überleben und bald schon um das Schicksal des gesamten Planeten.

Leserstimmen:

Super! – Wer Shadowrun mag, sollte diese Miniserie auf jeden Fall lesen

Ein sehr schöner Roman in einer dystopischen Zukunft.

Der Autor versteht es sehr gut, einen Spannungsbogen aufzubauen, die Geschichte kommt sehr schnell ins Rollen, die Charaktere sind gut dargestellt und als Leser fiebert man mit ihnen mit. Ich selbst habe innerhalb von 5 Tagen die ersten 7 Bände verschlungen und Nr. 8 grade angefangen; also absolut empfehlenswert!